더 로드
The Road

더 로드

길 위의 삶, 호보 이야기

잭 런던 자전적 기록

지식의편집

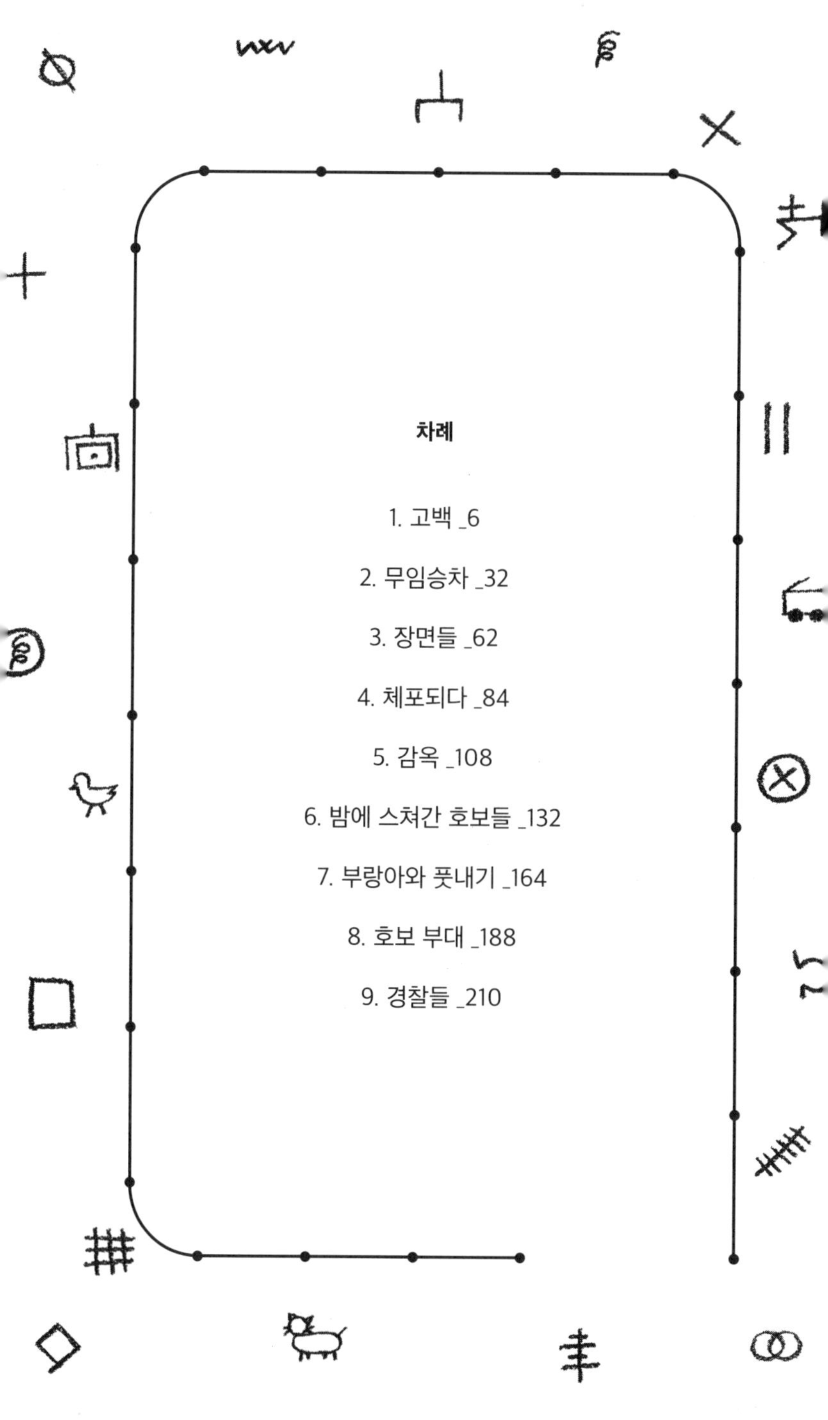

차례

1. 고백

네바다주에서 한 부인에게 두 시간을 계속해서 뻔뻔하게 거짓말을 늘어놓은 적이 있다. 부인에게 사과를 하고 싶지는 않다. 오히려 나는 해명하고 싶다. 하지만 아쉽게도 부인의 주소는커녕 이름도 모른다. 혹시라도 부인이 이 글을 보게 된다면 연락해주길 바란다.

1892년 여름 네바다 리노였다. 또 그때는 좋은 시절이었다. 어마어마한 수의 굶주린 호보* 무리는 물론이고 온갖 시시한 사기꾼들, 야바위꾼들로 도시가 넘쳐났다. 이 굶주린 호보 무리에 도시 전체가 굶주린 듯했다. 이 부랑자 무리는 주민들의 집 뒷문을 내쫓길 때까지 두들겨댔다.

호보들 말로는 당시 리노는 빵 한 조각도 얻어먹기 힘든 곳이었다. 나는 벌써 몇 끼나 걸렀다. 좀 돌아다니면서 가정집 문을 두들겨 구호품이나 식사를 청하거나 길에서 동전이라도 얻어볼 수 있었다. 하지만 리노에서 나는 되는 일이 하나도 없었고, 그래서 어느 날 승무원의 눈을 피해 출장 중인 백만장자의 전용 차량에 뛰어들었다. 내가 승강 계단에 오르자 열차가 출발했다. 나는 백만장자 쪽으로 뛰었고 승무원은 나를 잡으려 뒤에서 덮쳤다. 아슬아슬한 순간

---

* 떠돌이 노동자hobo, 화물열차를 무임승차해 이동했다. 초기에는 농장 일꾼들이 많았으나 대공황 전후에는 실직한 공장 노동자들이 다수였다.

이었다. 내가 백만장자 앞에 도착하자마자 승무원이 나를 잡았다. 거의 동시였다. 예의고 뭐고 나는 백만장자에게 대뜸 말했다. “밥 먹게 동전 하나만 주세요.” 그리고 백만장자는 주머니에서 진짜 딱… 동전 하나를 꺼내 주었다. 당황해서 반사적으로 내준 게 분명했다. 1달러라고 말하지 않은 것이 두고두고 후회스러웠다. 1달러라고 했으면 분명히 1달러를 주었을 것이다. 승무원이 교묘하게 내 얼굴을 발로 차려는 순간 나는 차량 계단으로 뛰어내렸다. 그는 나를 놓쳤다. 화가 난 에티오피아인이 위에서 달려드는 열차 계단에서 목도 부러뜨리지 않고 플랫폼으로 뛰어내리는 것이 얼마나 어려운가! 하지만 나는 해냈다. 그리고 동전도 얻었다. 25센트를!

다시 내가 뻔뻔하게 거짓말을 늘어놓은 부인에게로 돌아가자. 리노에서 마지막 저녁이었다. 경주마들의 경기에 정신이 팔려 끼니, 즉 점심을 걸렀다. 배가 고팠다. 더욱이 공공안전위원회가 나처럼 생사의 기로에 놓인 굶주린 떠돌이들을 시에서 쫓아내기 위해 막 활동을 시작한 참이었다. 벌써 많은 호보 형제들이 짭새들에게 잡혀갔다. 이 추운 시에라네바다 산맥 너머 캘리포니아 계곡의 따듯한 햇살이 나를 부르고 있었다. 구질구질한 리노를 벗어나려면 해야 할 일이 두 가지 있었다. 하나는 그날 밤 서쪽으로 가는 화물열차를 잡아타는 것이고 또 하나는 일단 뭔가 먹을 걸 얻는 일이었다. 아무리 젊다 해도 쫄쫄 굶은 채 밤새 기차에 매달려 눈사태 방지 시설과 터널, 험준한 산들의 만년설 사이를 달릴 엄두가 나지는 않으리라.

하지만 먹을 걸 구하는 일도 쉽지 않았다. 열두 군데는 되는 집에서 거절당했다. 모욕적인 욕설을 듣기도 했고, 당장 꺼지지 않으면 철장 안에 처넣겠다는 조언을 듣기도 했다. 무엇보다 최악은 그들의 위협이 진짜 현실이란 것이었다. 내가 그날 밤 서부로 가야 하는 이유이기도 했다. 짭새가 시내를 돌아다니며 배고프고 집 없는 이들을 눈에 불을 켜고 찾고 있었고, 찾는 대로 자신의 철장 안에 처넣었다.

거의 모든 집이 최대한 공손하고 간절하게 음식을 청하는 내 말을 끊고 바로 눈앞에서 문을 쾅 닫아버렸다. 어떤 집은 문을 열어주지도 않았다. 내가 현관에서 문을 두드리자 창문으로 나를 내다보았다. 토실토실한 아기를 큰아이 어깨 위로 들어 올려 나를 구경시키기까지 했다. 자신들의 집에서는 빵 한 조각도 얻지 못할 떠돌이를.

음식을 얻으려면 못사는 동네로 갈 수밖에 없었다. 굶주린 떠돌이에겐 가난한 이들이 마지막 희망이다. 늘 도움을 주는 이들은 가장 가난한 사람들이다. 그들은 배고픈 이들을 내쫓는 법이 없다. 언제 어디서나 나를 문전박대한 것은 언덕 위의 큰 집들이었다. 누더기 천으로 막은 깨진 창문과 노동에 지쳐 피곤해 보이는 부인이 있는 저지대의 작은 판잣집들은 항상 내게 약간의 음식을 나눠주었다. 오, 자선사업가들이여 그들을 찾아 배우길! 오직 가난한 이들만이 온정을 베푸는 사람들이니까. 그들은 오히려 여유가 없기에 자신에게 필요한 것, 보통 자신이 절실히 필요로 하는 것들을 남기지 않고 나눠준다. 뼈다귀 하나를 개에게 던져주는 것은 자선이 아니다. 자선은 자신이 개처럼 굶주렸어도 개와 뼈다귀를 나누는 것이다.

특히 그날 밤 거절당했던 어떤 집이 있었다. 길 쪽으로 난 식당 문이 열려 있었고 한 남자가 커다란 고기 파이를 먹고 있는 게 보였다. 나는 열린 문 앞에 서 있었다. 나에게 말하는 동안에도 그는 계속 먹고 있었다. 남자는 성공했고, 그래서 자신보다 운이 없었던 이들에게 적대적이었다.

그는 먹을 것을 좀 달라는 내 말을 바로 자르더니 "일하기 싫구먼"하고 툭 내뱉었다.

지금 상황과 관계도 없는 말이었다. 나는 일 얘기를 전혀 하지도 않았다. 내가 꺼낸 이야기는 '음식'이었다. 사실 나는 일할 생각은 없었다. 나는 그날 밤 서쪽으로 떠날 생각이었다.

"자네는 일이 있어도 할 것 같지 않군." 그가 고압적으로 굴었다.

나는 착해 보이는 그의 부인을 힐끗 보았다. 이 지옥문을 지키는 문지기만 없다면 내 몫의 고기 파이를 얻을 수도 있을 텐데. 문지기는 파이를 게걸스럽게 먹고 있었고, 조금이라도 얻어먹으려면 그에게 맞춰야 할 것 같았다. 나는 한숨이 나왔지만 그의 노동 윤리를 받아들였다.

"물론 저도 일하고 싶죠." 나는 허세를 부렸다.

"믿을 수가 없는데." 그가 코웃음을 쳤다.

"한번 써보시죠." 나는 세게 나갔다.

"좋아. 내일 아침 ○○○번가(주소는 잊었다) 모퉁이로 나오게. 화재가 났던 건물이 보일 거야. 거기서 자네에게 벽돌 나르는 일을 주지."

"좋습니다. 거기 가죠."

그는 쩝쩝거리며 계속 먹어댔다. 나는 기다렸다. 잠시 후 그가 간 줄 알았는데, 하는 표정으로 나를 보고는 물었다.

"왜?"

"저… 먹을 것을 좀 주시면…." 나는 공손히 말했다.

"일할 생각이 없군!" 그가 소리를 질렀다.

물론 그의 말이 맞았다. 내 마음을 읽고 그런 결론을 내린 것이 분명했다. 논리적으로는 전혀 나올 수 없는 결론이었다. 하지만 남의 집 문 앞에서 구걸하는 거지는 겸손해야 한다. 그래서 나는 그의 윤리뿐 아니라 논리도 받아들였다.

"사실 지금 제가 배가 고파서요." 나는 최대한 공손하게 말했다. "내일 아침에는 더 심할 거예요. 하루를 쫄쫄 굶고 벽돌을 나르려면 얼마나 힘들겠어요. 지금 먹을 걸 좀 주시면 내일 더 좋은 상태로 일할 수 있습니다."

그는 계속 먹으면서 내 애원을 진지하게 생각하는 것처럼 보였고, 그의 부인이 뭔가 도우려는 말을 할 것처럼 움찔하더니 그만두었다.

"어떻게 할지 알려주지." 그가 파이를 입안에 가득 물고 말했다. "내일 일하러 오면 점심에 식사비를 두둑이 주지. 그래야 자네가 일하고 싶은지 아닌지 알 수 있으니까."

"그때까지…." 내가 입을 떼자마자 그가 끼어들었다.

"지금 먹을 걸 주면 자넨 다시 안 나타날걸. 자네 같은 인간들을 잘 알지. 나를 보게. 나는 누구에게도 빚지고 살지 않네. 나는 한 번도 남에게 굽실거리거나 음식을 구걸한 적도 없지. 항상 내 힘으로 벌어먹고 살았다고. 자네의 문제는 자네가 게으르고 방탕하다는 거야. 자네 얼굴만 봐도 알아. 나는 열심히 일하고 정직하게 살았네. 그래서 지금의 내가 된 거야. 자네도 열심히 일하고 정직하게 살면 나처럼 될 수 있네."

"선생님처럼요?" 내가 물었다.

신이여, 내 작은 유머는 일에 찌든 이 남자의 어두운 영혼을 뚫고 들어가지 못했다.

"그렇지, 나처럼." 그가 답했다.

"우리 모두요?" 내가 캐물었다.

"그럼, 자네 같은 인간들 모두." 그는 목소리가 떨릴 정도로 단호하게 대답했다.

"그렇지만 우리 모두 선생님처럼 되면 벽돌을 나를 사람이 아무도 없을 것 같은데요."

나는 분명히 그의 부인이 살짝 웃었다고 맹세할 수 있다. 그리고 남자는 기가 막혀 말문이 막힌 듯했다. 내 뻔뻔한 말 때문인지, 모두가 새롭게 태어나면 그를 위해 벽돌을 날라줄 사람이 없을지도 모른다는 두려움 때문인지는 잘 모르겠지만.

"너 같은 놈하고 말 섞고 싶지 않으니 당장 꺼져. 이 건방진 놈아!" 그가 소리를 꽥 질렀다.

나는 떠나려는 것처럼 발을 바닥에 문지르며 물었다.

"그럼, 음식을 안 주실 거죠?"

남자가 벌떡 일어났다. 그는 덩치가 컸다. 나는 낯선 땅에 있는 뜨내기였다. 그리고 짭새가 나를 찾고 있었다. 나는 바로 도망쳤다. "감사할 줄 모른다고?" 나는 그 집 문을 쾅 닫으며 툴툴댔다. "도대체 자기가 나한테 뭘 줬다고 감사야?" 뒤를 돌아보니 창문으로 그가 보였다. 그는 다시 자기 파이를 먹고 있었다.

그때쯤 나는 절망했다. 다른 많은 집들을 시도도 한번 안 해보고 그냥 지나쳤다. 모든 집이 다 비슷해 보였고, 아무도 음식을 줄 것 같지 않았다. 여섯 블록쯤 걷고 나서야 기운이 좀 났고 간신히 용기가 생겼다. 음식을 구걸하는 것은 카드 게임과 같다. 패가 마음에 안 들면 항상 다시 패를 돌릴 수 있다. 나는 다음 집을 시도해보겠다고 마음을 정했다. 그 집의 부엌문 쪽으로 다가갔을 때는 이미 해가 떨어진 지 오래였다.

나는 조심해서 문을 두드렸다. 집에서 나온 중년 부인의 상냥한 얼굴을 보는 순간 내가 해야 할 '이야기'가 번쩍 떠올랐다. 알다시피 얼마나 좋은 이야기냐에 구걸의 성공 여부가 결정된다. 먹잇감이라는 판단이 서면 그 즉시 그에게 맞는, 그를 움직일 수 있는 이야기를 시작해야 한다. 그가 이야기를 들어줄 사람이라고 판단하는 순간 바로 이야기를 시작하는 것은 정말 쉽지 않다. 단 1분도 준비할 시간이 없다. 눈 깜짝할 순간에 바로 상대의 본성을 파악하고 그의 마음을 움직일 이야기를 지어내야 한다. 호보로 성공하려면 예술가가 되어야 한다. 무의식적으로 그리고 순간적으로 이야기를 창조해야 한다. 자신의 상상력에 의존한 이야기가 아니라 문을 열어준 사람의 표정에서 보이는 이야기를 말이다. 그 사람은 남자일 수도, 여자나 아이일 수도 있다. 친절할 수도, 떽떽거릴 수도, 관대할 수도, 인색할 수도, 선할 수도, 심술궂을 수도 있다. 유대인이나 이교도일 수도, 백인이거나 흑인일 수도, 인종차별주의자이거나 사해동포주의자거나 배타적이거나 아주 열린 사람이거나, 그 무엇도 될 수 있다. 내가 이야기꾼으로 성공한 것은 떠돌이 시절의 이런 훈련 덕분이라는 생각을 종종 한다. 살아갈 음식을 얻기 위해 나는 진실성이 느껴지는 이야기들을 지어내야 했다. 나는 남의 집 뒷문에서 권위 있는 평론가들이 단편 소설의 미학적 요소라고 평가하는 진정성과 현실성을 키울 수 있었다. 이런 냉혹한 현실을 벗어나기 위해서였다. 또 나를 현실주의자로 만든 것은 떠돌이 생활의 혹독한 훈련들이었다. 현실주의자만이 남의 집 부엌에서 음식과 바꿀 만한 훌륭한 이야기를 짜낼 수 있다.

결국 예술은 능숙한 기교이고, 기교가 있으면 수많은 이야기를 만들어낼 수 있다. 매니토바 위니펙의 한 경찰서에 잡혀 있을 때가 기억난다. 나는 캐나디안 퍼시픽* 철도를 따라 서부로 향하고 있었다. 물론 경찰은 내 이야기를 원했고 나는 바로 이야기를 풀어놓았다. 그들은 대륙 한가운데 있는 촌사람들이니 바다 이야기만큼 좋은 게 있겠는가? 그들은 나에게 딴지를 걸 수 없었다. 그래서 나는 지옥 같은 글렌모어호에서 겪은 눈물 없이는 들을 수 없는 이야기를 해주었다. (나는 샌프란시스코만에 정박해 있는 글렌모어호를 딱 한 번 봤다.)

내가 영국 선원 실습생이라고 하자 영국 말투 같지 않다고 했다. 바로 지어내야 했다. 영국에서 태어났지만 미국에서 자랐다. 부모님이 돌아가시고 조부모님이 계시는 영국으로 보내졌다. 그리고 영국에서 글렌모어호의 실습생으로 들어갔다. 글렌모어호의 선장님에게 용서를 바란다. 그날 밤 위니펙 경찰서에서 그를 그렇게 잔인하고 난폭하고

---

* 캐나디안 퍼시픽 철도 유한Canadian Pacific Railway Limited, 1881년에 설립된 캐나다에서 가장 오래된 철도 회사

타고난 악마 같은 고문자로 묘사한 것을. 그래야 내가 왜 몬트리올에서 글렌모어호를 탈출했는지를 설명할 수 있었으니까.

그럼 왜 조부모님이 계시는 영국을 두고 캐나다 중부에서 서부로 가려는지를 물었다. 즉시 나는 캘리포니아에 사는 시집간 누나를 만들었다. 나를 보살펴 줄 누나였다. 나는 그녀가 얼마나 천사 같은지 주절주절 늘어놓았다. 하지만 인정머리 없는 경찰관들은 넘어오지 않았다. 영국에서 글렌모어호에 승선했다면, 몬트리올에서 내리기 전 2년간 어디를 다니고 무슨 일이 있었는지 캐물었다. 그래서 나는 그 촌사람들을 데리고 전 세계를 여행해야 했다. 거센 파도에 휩쓸리고 쏟아지는 물보라를 맞으며 태풍과 싸우다 일본 연안에 상륙했다. 세계 7대양을 누비며 짐을 쌌다 풀었다. 나는 그들을 데리고 인도, 양곤, 중국을 지났고 혼곶 인근에선 얼음을 깨며 항해를 했고 마침내 몬트리올에 정박했다.

그들은 내게 잠깐 기다리라고 하더니 경찰 하나가 깜깜한 경찰서 밖으로 나갔다. 난로에 몸을 덥히며 나는 어디서 튀어나올지 모르는 위험에 머리를 굴리느라 바빴다.

경찰이 데려온, 문 앞에 있는 남자를 보고 나는 절로 신음이 나왔다. 아무리 날라리 집시라 해도 저런 작은 금 귀걸이는 하지 않았다. 대초원의 바람이 아무리 거세다 해도 피부가 저렇게 주름지고 거칠 수는 없었고, 눈보라 치는 산비탈에서 굴렀다 해도 저렇게 사연 많아 보이지는 않으리라. 나를 보는 그의 눈동자에는 너무나 확실히 바다의 태양이 넘실대고 있었다. 신이시여! 여섯이나 되는 경찰관들이 탐색하듯 나를 지켜보는 와중에 나는 다시 이야기 소재가 필요했다. 중국해를 항해한 적도 없고 혼곶 근처에 있어 본 적도, 인도와 양곤을 본 적도 없는 내가 말이다.

나는 필사적으로 생각했다. 재앙이 금 귀걸이를 하고 비바람에 시달린 뱃사람의 모습으로 내 앞에 걸어 들어왔다. 이 남자는 누굴까? 뭐 하는 사람이지? 그가 나를 파악하기 전에 내가 그를 파악해야 한다. 새로운 방법을 찾아야 했다. 그러지 않으면 저 못된 경찰들이 나를 구치소, 즉결 재판소, 감방으로 끌고 갈 것이다. 그가 뭘 알고 있는지 알아내기 전에 그가 나에게 물으면 끝이다.

그러나 눈을 부라리며 위니펙의 공공 안전을 지키고 있는 경찰들에게 내 절망적인 상황을 티 냈냐고? 천만에. 나는 환히 웃으며 늙은 선원을 기꺼이 반겼다. 마치 마지막 순간에 구명조끼를 발견한 사람이 이제 살았다고 안도를 하는 것처럼. 아무것도 모르는 경찰들 앞에서 내 말을 이해하고 확인해줄 사람이 여기 있다는 듯이. 아니, 적어도 그렇게 보이려고 노력했다. 나는 그를 잡고 질문을 퍼부었다. 나의 재판관들 앞에서 나를 구하러 나타난 구세주임을 증명이라도 하려는 것처럼.

그는 착한 선원, 만만한 상대였다. 내가 질문을 쏟아내자 경찰들은 점점 짜증을 냈다. 결국엔 그들 중 하나가 나에게 입 닥치라고 했다. 나는 닥쳤다. 하지만 입을 다물고 있는 동안에도 나는 이야기를 꾸미고 다음 장면의 시나리오를 쓰느라 바빴다. 이야기를 이어갈 수 있을 정도로 그에 대해 알아냈다. 그는 프랑스인이었다. 딱 한 번 영국 배를 탄 것말고는 항상 프랑스 상선을 타고 항해했다. 그리고 무엇보다, 신에게 감사하게도, 그는 20년 전에 선원을 그만두었다.

경찰은 그에게 나를 조사하라고 다그쳤다.

"양곤에 있었다고 했나?" 그가 캐물었다.

나는 끄덕였다. "3등 항해사를 거기서 하선시켰죠. 열병이었어요."

어떤 열병인지를 물었다면 나는 장티푸스라고 답했을 것이다. 비록 나는 장티푸스에 대해 아무것도 모르지만 말이다. 그는 묻지 않았고 대신 이렇게 물었다.

"양곤은 어땠나?"

"좋았어요. 우리가 거기 있을 때는 비가 어마어마하게 내렸죠."

"하선 허락은 받았고?"

"물론이죠. 우리 실습생들 세 명이 함께 내렸죠."

"그 사원 알겠네?"

"어떤 사원이요?" 나는 살짝 피했다.

"계단 맨 꼭대기에 있는 큰 건물 말이야."

내가 사원을 안다고 하면 묘사라도 해야 할 판이었다. 거대한 구덩이가 나를 향해 입을 쩍 벌리고 있었다.

나는 고개를 저었다.

"항구 어디서나 보일 텐데. 배에서 내리지 않아도 보이는데." 그가 설명했다.

그때처럼 사원이 싫었던 적은 없었지만 나는 양곤에 있는 그 특정한 사원에 한하기로 했다.

"항구에서 보이지 않아요." 나는 반박했다. "시내에서도 안 보이고 계단 꼭대기에서도 보이지 않아요. 왜냐면…." 나는 극적 효과를 위해 잠시 멈췄다. "왜냐면 거긴 이제 사원이 없어요. 거기는…."

"하지만 내 눈으로 똑똑히 봤는데!" 그가 목소리를 높였다.

"몇 년도에요?" 내가 캐물었다.

"71년."

"1887년 대지진 때 무너졌어요." 내가 설명했다. "너무 오래된 건물이었죠."

잠시 침묵이 흘렀다. 그는 늙은 눈으로 바다에서 보이던 아름다운 사원에 대한 젊은 시절의 기억을 열심히 더듬고 있었다.

"계단은 아직 있어요." 내가 거들었다. "항구 어디에서나 보이죠. 항구로 들어오다 보면 오른쪽에 보이던 작은 섬 기억나세요?" 나는 틀림없이 거기 섬이 있다고 추측했다(만일 없다면 왼쪽이라고 할 생각이었다). 그가 끄덕이는 걸 보고 나는 말을 이었다. "그것도 없어졌어요. 10미터 바다 밑으로 잠겼죠."

나는 잠시 숨을 돌릴 시간을 얻었다. 그가 세월의 변화에 대해 사색하는 동안 나는 내 이야기를 마무리할 준비를 했다.

"뭄바이의 세관 기억나세요?"

그는 기억하고 있었다.

"완전히 다 타버렸어요." 나는 단호하게 선언했다.

"짐 완 기억나나?" 그가 역습을 했다.

"죽었어요." 그렇게 말했지만 빌어먹을 짐 완에 대해서는 손톱만큼도 아는 것이 없었다.

다시 살얼음판 같은 상황이었다.

"상하이의 빌리 하퍼 생각나세요?" 다시 재빨리 역습을 했다.

늙은 선원은 열심히 기억해내려 했지만 상상 속의 빌리 하퍼가 가물가물한 기억 속에서 떠오를 리는 없었다.

"물론 빌리 하퍼를 기억하실 거예요." 나는 주장했다. "모두 그를 알죠. 거기서 40년이나 있었는데요. 그는 아직도 거기 있어요. 똑같죠."

그리고 기적이 일어났다. 선원이 빌리 하퍼를 기억해냈다. 어쩌면 빌리 하퍼가 있고, 그는 상하이에서 40년을 살았고, 아직도 살고 있을지도 모른다. 하지만 나에게도 놀라운 일이었다.

30분이나 우리는 이런 식으로 얘기를 나눴다. 결국 그는 경찰에게 내가 말한 게 맞는 것 같다고 했다. 나는 그날 밤 잠자리와 아침까지 얻어먹고 샌프란시스코에 있는 누나를 찾아 서쪽으로 방랑의 길을 나섰다.

다시 날이 어두워지고 있는데 나에게 문을 열어준 리노의 부인에게로 돌아가자. 그녀의 상냥한 얼굴을 보자마자 이 사람이다 싶었다. 나는 귀엽고 순진하면서도 불쌍한 소년이 되었다. 말을 하지 못한다. 입을 떼려다가 다시 다문다. 누군가에게 음식을 구걸하는 일이 생전 처음인 것처럼. 너무 당혹스럽고 창피해 죽으려 한다. 내가, 구걸을 짜릿한 놀이 정도로 여기던 내가 부르주아적 도덕을 따르는 보통의 아이인 척한다. 너무 심하게 배가 고파서 어쩔 수 없이 음식을 구걸하는 더럽고 천한 짓을 하게 되었다는 듯이. 그리고 나는 구걸에 익숙하지 않은 정직하고 굶주린 소년의 창백하고 간절한 표정을 지으려 애썼다.

"가엾은 것, 배가 고프구나." 부인이 말했다.

그녀가 먼저 말을 꺼내게 만들었다.

나는 고개를 끄덕이고 침을 삼켰다.

"처음이에요. 이렇게 구걸을…." 나는 더듬으며 말을 이었다.

"이리 들어오렴." 문이 활짝 열렸다. "우린 벌써 저녁을 먹었어. 하지만 불이 아직 있으니 너한테 뭔가 좀 만들어 줄 수 있겠구나."

밝은 곳으로 들어오자 그녀가 나를 자세히 살폈다.

"내 아이도 너처럼 건강하고 씩씩하면 좋을 텐데." 그녀가 말했다. "하지만 걔는 너무 약해서 툭하면 쓰러지고.

오늘 낮에도 넘어져서 많이 다쳤단다. 불쌍한 것."

그녀의 음성에는 내가 그렇게 갈망했던, 말로 다 표현할 수 없는 애정이 담겨 있었다. 나는 그의 아들을 힐끗 보았다. 식탁 맞은편에 앉아 있는 그는 마르고 창백하고 머리에 붕대를 감고 있었다. 움직이지는 않았지만, 불빛에 반짝이는 그의 눈은 내게서 떨어지지 않고 이상하다는 듯이 계속 뚫어지게 응시했다.

"가엾은 우리 아버지 같군요. 아버지도 병으로 쓰러지시곤 하셨죠. 현기증 같은 거였어요. 의사들도 당황했어요. 무슨 문제가 있는지 전혀 몰랐으니까요."

"아버님이 돌아가셨니?" 부인이 반숙 달걀 여섯 알을 내 앞에 놓으며 다정하게 물었다.

"돌아가셨어요." 나는 이야기를 바로 물었다. "2주 전에요. 아버지가 돌아가실 때 저도 함께 있었죠. 둘이서 길을 건너고 있었는데 갑자기 쓰러지셨어요. 그리고 다신 깨어나지 못하셨죠. 사람들이 약국으로 아버지를 옮겼는데 거기서 돌아가셨어요."

그리고 나는 아버지에 대한 슬픈 이야기들을 발전시켜 갔다. 어머니가 돌아가신 뒤에 우리는 농장을 떠나 샌프란시스코로 갔는데, 연금(그는 퇴역 군인이었다)과 그가 버는 손톱만큼의 돈으로는 살기가 힘들었고 아버지는 책 외판원이 되려고도 하셨다. 또 아버지가 돌아가시고 샌프란시스코 거리에 버려져서 외롭고 힘들게 며칠을 보냈다는 내 사정도 늘어놓았다. 착한 부인은 비스킷을 데우고, 베이컨을 굽고 달걀을 더 삶았다. 나는 그녀가 나를 위해 준비하는 모든 음식과 보조를 맞춰 그 불쌍한 고아 소년의 이야기를 자세히 묘사하고 부풀렸다. 나는 그 불쌍한 소년이 되었다. 내가 게걸스럽게 먹은 그 아름다운 달걀이 진짜인 것처럼 그 소년의 이야기는 진짜였다. 내가 불쌍해서 눈물이 날 지경이었다. 몇 번 울먹이기도 했고, 그건 아주 효과적이었다.

사실 내 상상에 하나를 더할 때마다 그 친절한 부인은 뭔가를 더 가져왔다. 그녀는 내게 점심을 싸주기까지 했다. 그녀는 많은 양의 삶은 달걀과 소금, 후추, 커다란 사과와 다른 몇 가지를 더 넣어주었다. 두꺼운 빨간 모직 양말도 세 켤레나 주었다. 그 외에도 깨끗한 손수건과 지금은 기억나지 않는 몇 가지를 더 넣었다. 부인은 계속 음식을 해댔고 나는 계속 먹어치웠다. 걸신들린 것처럼 배를 채웠다. 곧 화물열차를 타고 시에라네바다 산맥을 가로질러야 한다는 것을 생각하면 여기는 딴 세상이었다. 그리고 다음 식사는 언제 어디서 하게 될지 기약도 없었다.

내가 그렇게 먹어대는 동안 그녀의 불쌍한 아들은 파티에 놓인 해골처럼 움직이지도 않고 조용히 식탁 맞은편에 앉아 나를 뚫어지게 보았다. 그는 나를 신기하고 낭만적이고 모험적인 사람으로 보는 듯했다. 모든 생명력이 꺼져가는 연약한 존재인 자신은 할 수 없는 모험과 낭만이었다. 하지만 한두 번 그가 거짓말을 꿰뚫고 마음속을 들여다보고 있는 게 아닐까 하는 의심이 들기도 했다.

"근데 어디로 가니?" 부인이 물었다.

"솔트레이크시티요. 거기 시집간 누나가 계세요." (누나를 모르몬교도라고 할까 고민했다.) "매형이 배관공, 계약직 배관공이에요."

그제서야 계약직 배관공이 돈을 잘 번다는 걸 깨달았다. 설명이 필요했다. 다시 그럴싸하게 만들어야 했다.

"차비를 보내달라고 했으면 돈을 부쳐줬을 거예요." 나는 설명했다. "하지만 두 분 다 몸이 안 좋으신 데다가 사업이 어려워요. 매형이 동업자에게 사기를 당했거든요. 그래서 돈을 부쳐달라고 하지 않았어요. 어떻게든 혼자 힘으로 갈 수 있을 거라고 생각했어요. 솔트레이크시티까지 갈 여유가 있는 척했죠. 누나는 다정하고 정말 착해요. 항상 저에게 친절했죠. 저는 가게에서 일하며 장사를 배울 생각이에요. 누나는 딸이 둘이에요. 둘 다 저보다 한참 어리고요. 하나는 아직 아기예요."

미국의 온갖 도시를 돌아다니면서 내가 떠들어댄 시집간 누나들 중에 이 솔트레이크시티 누나가 제일 마음에 들었다. 그녀 역시 진짜 현실이었다. 그녀의 이야기를 할 때면 그녀와 어린 두 아이들, 배관공 남편까지 눈앞에 생생했다. 그녀는 정이 많고 막 보기 좋게 살이 붙기 시작한, 몸집이 좀 있는 사람이다. 항상 맛있는 음식을 해주고 화를 내는 법이 없는 상냥한 사람이다. 다소 까무잡잡하다. 그녀의 남편은 조용하고 느긋한 사람이다. 때로는 내가 그를 진짜 잘 아는 것 같기도 하다. 어느 날 그를 만나게 될지 누가 알겠는가? 그 나이 든 선원이 빌리 하퍼를 기억해낸 것처럼 내가 언젠가 솔트레이크시티에 사는 누나의 남편을 만나지 못할 이유는 없다.

하지만 나는 절대 수많은 나의 부모와 조부모들을 살아서는 만나지 못하리라는 것은 확실하다. 여러분이 아시는 것처럼 항상 나는 그들이 죽었다고 떠들어왔다. 어머니를 저세상에 보내기 위해 내가 제일 애용한 것은 심장병이었다. 때때로 결핵, 폐렴, 장티푸스를 사용하기도 했지만. 조부모님이 영국에 사시는 건 진짜다. 위니펙 경찰관이 증명해줄 것이다. 하지만 너무 오래전 일이고 지금은 돌아가셨을 확률이 높다. 어쨌든 그들은 한 번도 내게 연락한 적이 없다.

리노의 부인이 이 글을 읽는다면 나의 뻔뻔함과 거짓말을 너그러이 봐주시길 바란다. 나는 부끄럽지 않기에 사과를 하지는 않겠다. 부인의 집으로 나를 데려간 것은 젊음과 삶의 희열, 경험에 대한 열망이었다. 부인에게 인간이 본질적으로 선하다는 것을 배웠다. 부인에게도 좋은 경험이었기를 바란다. 어쨌든 부인이 이제 그날 밤의 진상을 알게 된다면 크게 웃음을 터트릴 수도 있다.

내 이야기는 그녀에게 '진짜'였다. 그녀는 나와 내 가족을 믿었고 내가 솔트레이크시티에 도착하기까지 겪어야 할 위험천만한 일들에 걱정이 가득했다. 하도 걱정을 해서 나조차 슬픔에 빠질 지경이었다. 팔에는 도시락을 싸 들고 주머니에는 두터운 모직 양말을 욱여넣고 떠나려는데 부인이 조카인지 삼촌인지, 뭐 그 비슷한 철도 우편 업무를 하는 어떤 친척을 생각해냈다. 게다가 그는 내가 그날 밤 몰래 올라타야 하는 기차로 온다는 것이었다. 그럼 되겠네! 부인이 나를 역에 데려가서 그에게 얘기를 해주겠다고 했다. 그럼 그가 우편물 칸에 나를 숨겨줄 수 있을 거라고 했다. 그럼, 특별히 고생하거나 위험한 일 없이 바로 오그던에 도착할 수 있고 솔트레이크시티는 거기서 몇 마일 안 된다고 했다. 심장이 철렁했다. 부인이 자신의 기발한 생각에 점점 더 흥분했고 나는 큰일 났다고 생각하면서도 내 문제가 해결된 것에 정말 기쁘고 신나는 것처럼 보여야 했다.

해결됐다니! 그날 밤 서부로 가야 할 내가 동부로 가야 할 판이었다. 내가 판 함정이었다. 그리고 모두 끔찍한 거짓말이었다고 부인에게 고백할 용기는 없었다. 그래서 정말 기쁜 척하면서도 머리를 굴려 빠져나갈 방법을 찾느라 정신이 없었다. 하지만 방법이 없었다. 부인은 내가 우편물 차량에 타는지 확인할 것이다. 부인은 그러겠다고 했다. 그리고 부인의 친척인 우체국 직원은 나를 오그던까지 실어 나를 것이다. 그러면 나는 수백 마일의 사막을 지나 되돌아와야 한다.

하지만 그날 밤 나는 운이 좋았다. 부인이 모자를 쓰고 나를 데리고 집을 나서려던 순간 자신이 착각했다는 것을 깨달았다. 부인의 친척은 그날 밤 올 예정이 아니었다. 노선이 바뀌어서 이틀 후에야 도착하게 되어 있었다. 살았다. 그리고 에너지 넘치는 젊은이에게 이틀을 더 기다리게 하는 것은 무리였다. 지금 바로 출발하는 편이 더 빨리 솔트레이크시티에 도착할 수 있다고 부인을 안심시키고 축복과 행운의 인사를 받으며 집을 나섰다.

하지만 그 모직 양말들은 너무 좋았다. 나는 그날 밤 대륙횡단 열차 화물칸에서 한 켤레를 꺼내 신었고, 열차는 서부로 향했다.

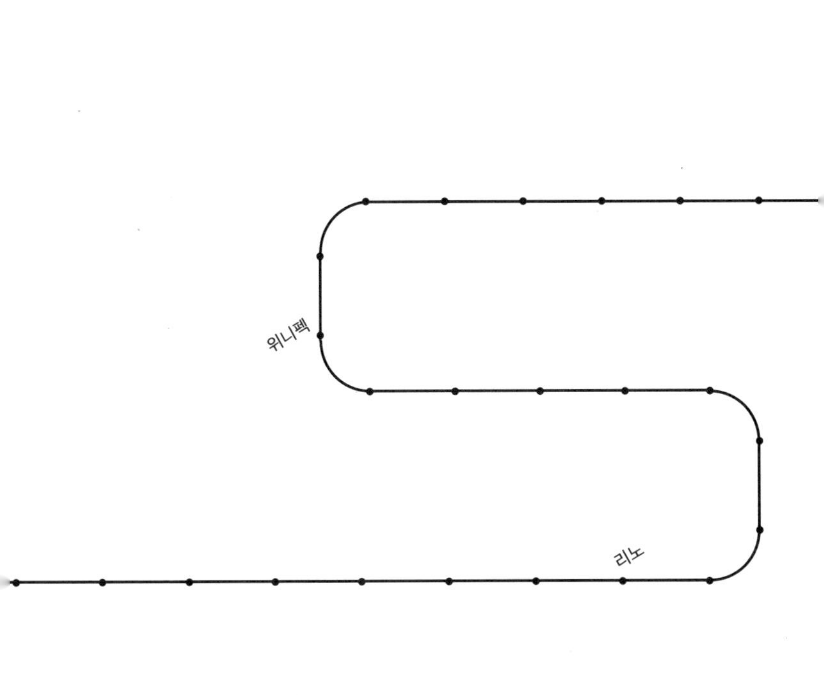
위니펙
리노

2. 무임승차

사고만 아니면 젊고 빠르고 능숙한 호보는 기차를 잡아탈 수 있다. 승무원이 떨구려고 갖은 애를 써도 말이다. 물론 반드시 밤이라야 한다. 그런 조건에서 능숙한 호보가 기차를 타겠다고 마음을 먹으면 기차를 타든지, 떨어지든지 둘 중 하나이다. 승무원이 그를 떨구려면 죽이는 것말고는 적당한 방법이 없다. 승무원들이 죽이기까지 한다는 소문이 우리 떠돌이들 사이에는 무성하다. 떠돌이 생활을 하면서 그런 극단적인 상황은 겪지 않아서 단언할 수는 없다.

하지만 끔찍한 노선에 대해 들은 적이 있다. 떠돌이가 달리는 기차의 차축*에 타고 있을 때 기차를 멈추지 않고는 떼어낼 방법이 없다는 것은 분명하다. 차량 바닥의 네 바퀴와 그 구조물 안에서 느긋하게 몸을 누인 떠돌이가 승무원의 고삐를 쥐고 있다. 적어도 그는 그렇게 생각한다. 그러다 어느 날 끔찍한 노선의 차축에 오르게 되는 것이다. 끔찍한 노선은 보통 바로 얼마 전에 승무원 하나 또는 서넛이 떠돌이 때문에 죽은 철도다. 그런 기차 밑에 매달린 떠돌이를 불쌍히 여기소서!

제동수**는 떠돌이가 올라탄 화물차의 승강 계단으로

---

* 화물 차량 바퀴 사이에 있는 구조물

** 열차의 운행과 질서를 담당하는 보조 차장

연결핀과 벨코드*를 가져온다. 그리고 벨코드에 연결핀을 고정한 뒤 승강 계단 사이에 핀을 늘어뜨리고 벨코드를 풀어준다. 늘어진 연결핀은 철로 사이의 침목을 치고 튀어 올라 기차 바닥을 치고 다시 침목에 부딪친다. 제동수는 핀을 앞뒤로, 좌우로 움직인다. 조금씩 풀었다 당겼다 하면서 자신의 무기가 적절하게 부딪쳤다 튕겨 오게 조작한다. 연결핀이 휙휙 허공을 가를 때마다 죽음의 공포가 밀려온다. 현실의 죽음이 시속 60마일로 문을 두드린다. 다음날 떠돌이의 잔해가 수습되고 지역 신문에 술에 취해 철로에서 자다가 사고가 난 분명 떠돌이였을, 신원을 알 수 없는 남자의 한 줄 부고가 실린다.

능숙한 떠돌이가 어떻게 기차에 매달려 가는지 설명하기 위해 내가 겪은 일을 이야기하겠다. 나는 서쪽 캐나다 태평양 연안으로 넘어가던 중에 오타와에 도착했다. 아직 가야 할 길이 3천 마일이나 남아 있었다. 가을이었고 나는 매니토바와 로키 산맥을 가로질러 가야 했다. 몸이 오그라들 만큼 추울 게 뻔했고, 출발이 늦어질수록 가는 길에 혹한으로 고생해야 할 터였다. 거기다 오타와에 진절머리가 났

* 기관사와 승무원들이 통신을 위해 사용하는 일련의 종 또는 벨

다. 몬트리올과 오타와는 120마일 거리였는데 6일이나 걸렸다. 실수로 간선 철도를 놓치고 단거리 운행 열차도 하루에 두 번밖에 다니지 않는 지선 철로로 빠져버렸다. 6일 동안 프랑스 농부에게 구걸한 말라비틀어진 빵으로 살았고, 양도 너무 적었다.

게다가 더 끔찍했던 것은 장거리 여정을 위한 옷 한 벌을 구하려고 오타와에서 하루를 꼬박 낭비했기 때문이다. 딱 한 도시를 빼고는 오타와가 미국과 캐나다 전체에서 옷 얻기가 가장 힘든 곳이라는 것을 여기서 꼭 밝히고 싶다. 그 딱 한 도시는 워싱턴 D. C.다. 정의의 도시 워싱턴이 최악이다. 거기서 나는 신발 한 켤레를 얻으려고 2주일을 낭비하고 저지시티에 가서야 겨우 구할 수 있었다.

오타와 이야기로 다시 돌아가자. 정확히 아침 8시에 옷을 구하러 나섰다. 하루 종일 최선을 다했다. 족히 40마일은 걸었다. 천여 집은 넘게 부인들에게 옷을 줄 수 있는지 묻고 다녔다. 저녁을 얻을 생각은 하지도 못했다. 10시간을 쉬지도 않고 힘들게 돌아다녔지만 오후 6시가 되도록 여전히 초라한 셔츠 차림이었다. 간신히 얻은 거라곤 너무 끼는 데다 금방이라도 찢어질 것 같은 바지 한 벌뿐이었다.

나는 포기하고 역전으로 향했다. 가는 길에 뭔가 먹을

걸 얻을 수 있을까 기대했지만 여전히 재수가 없었다. 가는 집마다 거절당했다. 그러다 드디어 구호품을 얻었다. 온갖 다양한 경험을 했지만 이렇게 큰 꾸러미는 나도 처음이라 하늘이라도 날듯 기뻤다. 신문으로 싼 꾸러미였는데 꽉 채운 여행 가방만큼이나 컸다. 나는 공터로 달려가서 꾸러미를 열었다. 처음엔 케이크가 보였다. 그리고 케이크 또 케이크, 온갖 종류의 케이크, 또는 케이크로 만든 온갖 종류의 것들. 모두 케이크였다. 버터를 듬뿍 바르고 고기를 넣은 빵은 없었다. 온통 케이크였고 나는 케이크가 세상에서 가장 싫다.

먼 옛날 먼 땅에서 누구는 바빌론 강가에 앉아 울었다더니,* 산더미 같은 케이크를 앞에 두고 나는 이 잘난 캐나다 수도의 작은 공터에 앉아 울었다. 죽은 아이의 얼굴을 바라보는 부모처럼 망연자실해서 이 엄청난 케이크들을 바라보았다. 나는 지난밤 파티가 있었던 집에서 베푼 관대함에 감사할 줄 모르는 배은망덕한 떠돌이 놈일 수도 있다. 하지만 그 파티 손님들도 분명 케이크를 싫어했을 것이다.

그 케이크가 내 불운의 정점을 쳤다. 더 나빠질 수 없

---

* 성경 시편 137장에 나오는 유대인들이 잃어버린 시온을 생각하며 바빌론 강가에서 울었던 것을 말한다.

다면 이제 좋아지는 수밖에 없다. 바로 다음 집에서 '정찬'*를 받았다. '정찬'은 최고의 은총이다. 집 안으로 초대되고 종종 씻을 기회도 주어진다. 그리고 식탁에 앉아서 제대로 먹는 것이다. 떠돌이들은 식탁에 앉는 것을 아주 좋아한다. 멋들어진 나무와 넓은 정원, 길에서 적당히 떨어져 있는 그 집은 크고 쾌적했다. 그들은 막 식사를 마친 후였다. 나는 바로 식당으로 안내되었다. 그것만으로도 아주 드문 경우였다. 정찬의 기회를 얻은 운 좋은 떠돌이라해도 보통은 부엌에서 음식을 받았다. 나는 식사를 하면서 머리가 희끗희끗한 우아한 영국 노신사와 위엄 있는 풍모의 사모님, 그리고 젊고 아름다운 프랑스 아가씨와 이야기를 나누었다.

시간이 많이 지난 지금도 그 아름다운 프랑스 아가씨가 내가 내뱉은 '땡전'이라는 천한 용어에 웃음을 터트렸던 걸 기억할지 모르겠다. 나는 그들에게 잔돈푼이라도 뜯어내려고 아주 조심스럽게 굴었다. 돈 같은 얘기를 꺼내려면 그래야 한다. "뭐라고요?" 그녀가 물었다. "땡전 한 푼이요." 내가 말했다. 그녀가 웃음을 참으며 다시 물었다. "뭐라고 했어요?" "땡전." 내가 다시 반복하자 그녀는 웃음이 터

---

* 호보들의 용어로 집으로 들여 제대로 식사를 차려주는 것을 말한다.

졌다. "다시 한번 말해볼래요?" 간신히 웃음을 멈춘 그녀가 물었다. "땡전이요." 나는 다시 반복했고 그녀가 다시 아름다운 소리로 웃어댔다. "미안하지만… 뭐라고 말했죠?" "땡전이요. 뭐가 잘못됐나요?" "모르겠어요. 그게 무슨 말이죠?" 그녀가 웃느라 헐떡이며 물었다. 그녀에게 설명을 해줬지만 그때 내가 한 푼이라도 얻었는지는 모르겠다. 하지만 그때 우리 중에 과연 누가 촌스러웠는지는 의문이 들곤 한다.

내가 역에 도착했을 때, 끔찍하게도 족히 스무 명은 되어 보이는 떠돌이 무리가 대륙횡단 화물열차를 잡아타려고 기다리고 있었다. 깜깜이 차량에 두서넛 정도면 괜찮다. 그 정도는 눈길을 끌지 않는다. 하지만 스무 명이라니! 그건 문제다. 어떤 승무원도 우리 모두를 타게 두지는 않을 것이다.

이쯤에서 깜깜이 화물 차량에 대해 설명하는 게 좋겠다. 어떤 우편물 차량은 끝에 문이 없다. 그래서 깜깜이 차량이다. 끝에 문이 달린 우편 차량의 경우엔 항상 문이 잠겨 있다. 열차가 출발한 후에 한 떠돌이가 깜깜이 차량의 승강단에 올라탔다고 해보자. 차량은 문이 없거나 잠겨 있다. 차장이나 제동수가 떠돌이를 잡아 요금을 받거나 내쫓을 수 없다. 기차가 멈출 때까지 안전한 것은 너무 당연하다. 기차가 멈추면 바로 어두운 열차 앞쪽으로 뛰었다가 기차가 출발하면 다시 열차에 올라타야 한다. 앞으로 알게 되겠지만 그 외에도 여러 다양한 방법들이 있다.

기차가 역을 빠져나오자 스무 명의 떠돌이들이 세 대의 깜깜이 차량에 달라붙었다. 몇몇은 기차가 완전히 역을 빠져나오기도 전에 열차에 기어올랐다. 어설픈 멍청이들이었다. 그들은 바로 끝장이 났다. 당연히 승무원들에게 비상이 걸렸고 첫 번째 역에서 벌써 문제가 생겼다. 나는 열차에서 뛰어내려 선로를 따라 앞으로 달렸다. 몇 명의 떠돌이들이 나와 같이 뛰고 있었다. 그들은 모두 어떻게 해야 하는지 아는 이들이었다. 무임승차로 이동을 하려는 떠돌이라면 역에서는 항상 열차의 앞쪽으로 가야 한다. 내가 앞으로 뛰는 동안 같이 뛰던 이들이 한 명씩 떨어져 나갔다. 여기서 낙오하느냐 아니냐는 기차를 잡아타는 기술과 담력으로 승부가 난다.

이런 게 일이 돌아가는 방식이다. 열차가 출발하면 제동수는 깜깜이 차량에서 내린다. 다시 열차에 타려면 깜깜이 칸에서 내려 다른 차량의 승강단에 올라타야 하기 때문이다. 됐다 싶을 만큼 열차가 속도가 오르면 그는 깜깜이 차량에서 뛰어내려 몇 차량을 보낸 뒤 다시 열차에 오른다. 이미 제동수가 내린, 달리는 깜깜이 차량을 잡을 수 있을 만큼 한참 앞쪽까지 뛸 수 있는지가 떠돌이의 능력이다.

내 뒤를 마지막까지 따라오던 떠돌이보다 50보쯤 앞에서 기다렸다. 열차가 출발했다. 첫 번째 깜깜이 차량에서 제동수의 손전등 불빛이 보였다. 제동수가 내리고 있었다. 달려가는 깜깜이 차량을 보며 처량하게 선로에 서 있는 덜 떨어진 놈들이 보였다. 그들은 타려는 시도조차도 할 수 없었다. 무능해서 시작부터 실패한 이들이다. 이제 다음은 게임을 조금은 아는 이들의 차례였다. 그들은 제동수가 타고 있는 첫째 칸을 보내고 두 번째, 세 번째 칸에 올라탔다. 그리고 당연하게도 제동수가 첫 칸에서 뛰어내려 둘째 칸에 올라타 그들을 몽땅 잡아 쫓아냈다. 핵심은 제동수가 첫째 칸에서 내려 둘째 칸에서 떠돌이들과 실랑이하고 있을 때 첫째 칸을 잡을 수 있을 만큼 앞질러 가 있어야 한다는 것이다. 더 능숙한 여섯 명의 떠돌이들은 충분히 앞서 있었고 첫 번째 칸을 잡았다.

다음 역에서 선로를 따라 달리면서 보니 남은 사람은 열다섯이었다. 다섯이 떨어져 나갔다. 이 잡초 뽑기 게임은 진지하게 시작해 매 역에서 반복되었다. 우리는 열네 명 남았다가 열둘, 열하나, 아홉, 여덟으로 줄었다. 마치 동요 '열 꼬마 검둥이'* 같았다. 나는 그 노래 속의 마지막 검둥이 소년이 되겠다고 결심했다. 그러지 못할 이유가 있는가? 나는 강하고 민첩하고 젊지 않은가? (나는 열여덟이었고, 몸 상태는 최상이었다.) 나는 두려울 게 없는 데다 타고난 떠돌이 아닌가? 나에 비하면 다른 놈들은 순진한 멍청이에다 풋내기, 아마추어 아닌가? 마지막 검둥이가 되지 못할 바엔 이 짓을 그만두고 어디 농장에라도 취직하는 게 낫지 않을까.

우리가 넷으로 줄었을 때 승무원 모두가 우리를 주목했다. 그때부터는 승무원들에게 맞서는 임기응변적 순발력과 기술의 시합이었다. 남은 셋이 하나씩 떨어져 나가고 결국 나 혼자 남았다. 아, 스스로 얼마나 자랑스러웠던지! 크로이소스**가 처음 백만 달러를 벌었을 때도 이렇게 뿌듯하지는 않았으리라. 두 명의 제동수와 차장, 화부***, 기관사를 뚫고 나는 기차에 올라타 있었다.

내가 기차를 잡아타는 몇 가지 방법들이 있다. 어둠 속에서 앞으로 내달린다. 기차보다 한참을 앞질러 가서 제동

---

* 우리에게는 '열 꼬마 인디언'으로 잘 알려진 동요. 원래는 흑인이었으나 인디언으로 변형되어 불리기도 했다.

** B. C. 6세기의 고대 국가 리디아의 왕으로 큰 부자로 유명하다.

*** 증기기관차에서 석탄을 때는 일을 하는 사람

수가 내린 깜깜이 차량이 다가오면 올라탄다. 아주 좋다. 다른 역에서도 문제없다. 역이 가까워지면 다시 앞쪽으로 달려 이전 작전을 반복한다. 기차가 출발한다. 기차가 다가오는 것을 주의 깊게 지켜본다. 깜깜이 차량에서 손전등 불빛이 보이지 않는다. 승무원이 시합을 포기했나? 모르겠다. 무슨 일이 일어날지 모르니 항상 준비하고 있어야 한다. 첫 번째 차량이 옆으로 다가오면 달려서 뛰어오른다. 제동수가 승강 계단에 있는지 눈을 부릅뜨고 살핀다. 제동수가 손전등을 끄고 있다가 내가 뛰어오르자마자 손전등으로 머리를 내려칠 수도 있다. 알아야 한다. 손전등으로 얻어맞은 적도 두세 번 있다.

하지만 아니다. 첫 번째 깜깜이 차량은 비어 있다. 기차가 속도를 올린다. 다음 역까지는 안전하다. 정말 그럴까? 기차가 속도를 늦추는 것 같다. 그 순간 나는 바로 긴장한다. 나를 쫓아내려는 작전이 진행되는 듯한데 나는 전혀 감이 오지 않는다. 앞에 있는 탄수차를 주시하며 좌우 양쪽을 동시에 살핀다. 어느 쪽에서든, 아니면 세 방향에서 동시에 공격을 받을 수도 있다.

아, 결국 일이 일어난다. 제동수가 기관차를 멈춘다. 깜깜이 차량의 오른쪽에서 들리는 제동수의 발소리가 첫 번째 경고다. 번개처럼 왼쪽 계단으로 뛰어내려 어둠 속으로 몸을 숨긴다. 기차가 오타와를 떠난 후로 항상 이런 식이다. 내가 앞질러 가 있고 기차가 다시 움직이기 시작하면 기차는 반드시 나를 지나가야 한다. 그러면 다시 기차를 탈 좋은 기회가 생긴다.

나는 조심스럽게 살핀다. 손전등 불빛 하나가 기관실 쪽으로 오는 게 보인다. 다시 기관실에서 멀어지는 불빛은 보이지 않는다. 그러니 그는 아직 기관실에 있는 게 분명하다. 그리고 손전등을 든 자가 제동수라고 보는 게 맞다. 게으른 놈이다. 그렇지 않았으면 앞쪽으로 올 때 자신을 숨기기 위해 손전등을 껐으리라. 기차가 다시 출발한다. 첫 번째 칸은 비어 있고 나는 거기 탄다. 다시 기차가 속도를 줄이고 기관실에서 나온 제동수가 깜깜이 차량의 한쪽 계단으로 올라온다. 나는 다른 쪽 계단으로 뛰어내려 기차 앞쪽으로 달린다.

어둠 속에서 다시 기차를 기다리면서 나는 자부심으로 아주 짜릿했다. 대륙횡단 열차가 나 때문에 두 번을 멈췄다. 구걸이나 하고 다니는 이 초라한 떠돌이 때문에. 많은 승객과 객차, 정부 우편물을 실은 2천 마력짜리 대륙횡단 열차를 나 혼자 두 번이나 멈춘 것이다. 고작 70킬로 남짓에 주머니에는 5센트 동전 하나밖에 없는 내가 말이다.

손전등이 다시 기관실 쪽으로 오는 게 보였다. 그런데 이번엔 불빛이 너무 눈에 띄었다. 그 점이 살짝 마음에 걸렸고 무슨 일인지 궁금했다. 어쨌든 기관실에 있는 제동수보다는 내가 더 걱정해야 할 일이다. 기차가 옆을 지나간다. 타이밍에 맞춰 뛰어오르려는 순간 첫째 칸에 손전등을 끈 제동수의 시커먼 형체가 보였다. 첫 칸을 보내고 둘째 칸에 타려고 준비하는데 제동수가 첫째 칸에서 뛰어내려 나를 바짝 쫓는다. 그리고 기관실에서 내리는 다른 제동수의 손전등도 언뜻 보였다. 그도 뛰어내린다. 이제 두 명의 제동수는 나와 같은 쪽 땅에 있다. 그때 바로 둘째 칸이 옆을 지났고 나는 거기 올라탄다. 머뭇거릴 시간이 없다. 그들을 따돌릴 방법이 생각났다. 반대편 승강 계단으로 뛰는데, 차량에 올라탄 제동수의 쿵쾅대는 발소리가 들린다. 나는 반대쪽으로 뛰어내려 기차 앞쪽으로 달린다. 내 계획은 앞으로 달려서 첫째 칸에 타는 것이다. 기차가 속도를 내기 시작했기 때문에 간발의 차이였다. 그리고 제동수가 나를 뒤쫓아 뛰고 있다. 첫째 칸에 탔으니 내가 더 뛰어난 달리기 선수인 셈이다. 나는 계단에 서서 추적자를 지켜본다. 그는 바로 3미터 뒤에서 죽어라 달리고 있다. 하지만 이제 기차는 거의 제 속도를 내고 있어서 상대적으로 그가 제자리에서 뛰는 것처럼 보였다. 나는 그를 응원하며 손을 내밀었다. 하지만 그는 심한 욕을 퍼붓다가 포기하고 몇 칸 뒤의 차량을 잡는다.

기차는 점점 속도를 내고 나는 여전히 혼자 키득대고 있는데 갑자기 물줄기가 나에게 쏟아진다. 기관실에서 화부가 호스로 물을 뿌려대고 있다. 나는 승강 계단 앞쪽으로 움직여 탄수차 뒤쪽 처마 밑으로 몸을 숨긴다. 물줄기가 아무 소용없이 내 머리 위쪽으로 흩어진다. 탄수차로 기어올라 화부에게 석탄 조각을 던지고 싶은 생각에 손이 근질근질했지만 그랬다간 화부와 기관사에게 진짜 죽을 수도 있을 것 같아 참는다.

다음 역에서 내려 어둠 속에서 앞질러 간다. 기차가 출발하자 이번엔 제동수 두 명이 첫째 칸에 있다. 그들의 의도가 뻔히 짐작이 간다. 이전 역에서와 같은 일이 반복되는 것을 막으려는 것이다. 이제 둘째 칸에 탔다가 반대쪽으로 내려 첫 칸으로 달려갈 수 없게 되었다. 내가 타지 않고 첫 칸을 그냥 보내자 그들이 기차 양쪽으로 한 명씩 뛰어내린다. 나는 둘째 칸에 탔지만 그들이 바로 양쪽에서 동시에 달려들 것이다. 덫이나 다름없다. 양쪽이 막혔다. 그래도 빠져나갈 방법이 있다. 위로 올라가는 것이다.

내 추적자들이 도착하기 전에 철제 수직 계단을 기어 올라 핸드 브레이크 조작기 위에 선다. 나는 본능적으로 움직였고 양쪽에서 그들의 발소리가 들려왔다. 나는 그들 쪽은 보지도 않고 팔을 머리 위로 뻗어 두 차량 사이의 경사진 처마 끝을 잡는다. 물론 한 손으로는 한쪽 차량의 처마를 잡고 다른 손으로는 다른 차량의 처마를 잡는다. 이때쯤 두 제동수가 계단을 올라온다. 너무 급해서 그들을 볼 새도 없지만 와 있다는 걸 알고 있다. 모두 몇 초 안에 일어난 일이다. 나는 팔에 힘을 주고 다리를 올린다. 내가 다리를 들어 올리는 순간 두 제동수가 나를 향해 손을 뻗었지만 허공만 움켜쥔다. 아래를 내려다보니 그들이 보인다. 또 내게 저주를 퍼붓고 있다.

나는 지금 위험한 자세로 두 차량 사이의 경사진 처마 끝에 매달려 있다. 재빨리 자세를 바꿔 아슬아슬하게 두 다리는 차량의 한쪽에 걸치고 두 팔은 다른 한쪽 처마 경사면을 잡는다. 바로 경사면을 기어 평평한 지붕 위로 오른다. 그리고 나서야 지붕 위로 뚫린 환기통을 잡고 잠시 앉아 숨을 고른다. 나는 지금 기차 위에, 떠돌이들의 말로는 '갑판'에 있다. 내가 지금 묘사한 것이 그들의 용어로는 '갑판 잡기'이다. 젊고, 신체 능력이 뛰어난 떠돌이만이 객차 지붕에 오를 수 있다는 걸 말해두고 싶다.

열차가 점점 속력을 낸다. 다음 역까지만, 오직 다음 역까지만 내가 안전하다는 것을 알고 있다. 열차가 멈춘 뒤에도 지붕에 앉아 있다간 제동수들에게 돌 세례를 받게 될 것이다. 건장한 제동수면 10킬로 내외의 꽤 무거운 돌조각도 지붕 위로 가볍게 던질 수 있다. 게다가 다음 역에서는 제동수들이 내가 올라탔던 곳에서 내가 내려오기를 기다릴 확률이 높다. 다른 계단으로 내려갈 수 있느냐는 내 능력에 달렸다.

앞으로 반 마일 안에 터널이 없기를 간절히 빌면서 차량 지붕 위를 여섯 칸이나 걸어 내려갔다. 이런 위험한 이동을 할 때는 절대 겁을 먹지 말아야 한다. 객차 지붕은 한밤의 산책에 적당한 곳이 아니다. 아니라고 생각하는 사람이 있다면 일단 해보시라고 하고 싶다. 잡을 데라곤 시커먼 허공밖에 없는, 요동치며 흔들리는 기차 지붕 위를 걸어보시라고. 밤이슬에 온통 젖어 미끄러운 지붕 끝 경사진 곳에서 뒤 차량으로 건너가기 위해 빨리 달려보라고. 장담컨대 심장이 조여오고 눈앞이 아찔해질 것이다.

열차가 멈추려 속도를 줄이고 나는 내가 올라왔던 객차 지붕에서 여섯 칸쯤 떨어진 차량의 승강 계단으로 내려온다. 계단에는 아무도 없다. 열차가 정지하자 나는 살그머니 역에 내린다. 기관실이 있는 앞쪽에서 두 개의 손전등이 움직이고 있다. 제동수가 기차 지붕에서 나를 찾고 있다. 내 옆에 있는 차량이 사륜 차량임을 깨달았다. 이는 모든 칸이 바퀴가 네 개만 있다는 의미이다. 기차 밑 차축에 매달려 갈 때 육륜 차량을 피해야 한다. 육륜차는 재앙이다.

나는 열차 아래로 몸을 숙여 차축으로 기어간다. 열차가 아직 멈춰 있어 얼마나 행복한지 모르겠다. 캐나디안 퍼시픽을 타면서 기차 아래 타기는 처음이다. 내부 구조가 신기하다. 차량 바닥과 대차 사이에 있는 차축 위로 기어드는데 비집고 들어가기에 공간이 너무 좁다. 이런 적은 처음이다. 미국에서는 빠르게 달리는 기차 아래 타곤 했다. 기차 아래쪽 끝을 잡고 브레이크 빔까지 다리를 뻗어 대차로 기어들어 가 대차 안쪽 아래에 있는 차축에 자리를 잡곤 했다.

어둠 속을 손으로 더듬어보니 브레이크 빔과 땅 사이에 공간이 있었다. 몸이 끼일 정도로 아주 좁았다. 나는 납작 엎드려 벌레처럼 기어간다. 대차 안쪽으로 들어가 차축에 자리를 잡고 제동수들이 지금 무슨 생각인지 궁금해한다. 열차가 움직이기 시작한다. 그들은 결국 나를 포기했다.

하지만 그들이 그럴까? 바로 다음 역에서 내가 있는

칸의 바로 옆 차량 밑으로 손전등을 들이미는 게 보인다. 그들이 나를 찾으려고 차축을 수색하고 있다. 나는 아주 아슬아슬한 탈출을 감행해야 한다. 브레이크 빔 아래로 엎드려 기어간다. 그들이 나를 발견하고 뛰어온다. 나는 손과 무릎으로 기어 철로를 가로질러 반대편으로 빠져나와 일어선다. 그리고 기차 앞쪽으로 최대한 멀리 간다. 기관실을 지나쳐 어둠 속에 몸을 숨긴다. 전과 똑같은 상황이다. 내가 기차 앞에 있으면 기차는 나를 지나가야 한다.

열차가 출발한다. 첫 번째 깜깜이 칸에 손전등이 있다. 납작 몸을 누이고 있으니 제동수가 주위를 살피며 지나간다. 하지만 둘째 칸에도 손전등이 있다. 둘째 칸의 제동수가 나를 발견하고 앞서간 첫째 칸 제동수를 부른다. 둘 다 뛰어내린다. 걱정마시라, 나는 셋째 칸을 잡아 지붕 위로 오를 테니까! 근데 아뿔싸! 셋째 칸에 손전등이 있다. 차장이다. 셋째 칸을 지나 보낸다. 어쨌든 이제 내 앞에 열차 승무원들이 모두 모였다. 나는 몸을 돌려 기차 반대 방향으로 뛴다. 세 개의 손전등 모두 땅에서 왔다 갔다 흔들리며 나를 쫓는다. 나는 있는 힘껏 달린다. 기차가 속도를 올리기 시작해 이미 반쯤 지나갔을 때 뛰어오른다. 광폭한 늑대 같은 두 명의 제동수와 차장이 2초 내에 도착할 것이다. 나는 핸드 브레이크 조작기에서 몸을 날려 차량 지붕의 경사진 처마를 잡는다. 그리고 있는 힘껏 지붕 위로 뛰어오른다. 화가 난 추적자들이 닭 쫓던 개처럼 발아래 승강 계단에서 떼거리로 소리소리 지르며 나는 물론 내 선조들까지 싸잡아 욕을 한다.

하지만 무슨 상관인가? 화부와 기관사까지 합치면 5대 1이고, 그들 뒤에는 거대한 회사 세력과 법의 권위가 있지만 나한테 꼼짝 못 하고 있지 않은가? 나는 너무 기차 후미 쪽에 있었다. 차량 지붕 위를 뛰어 기관실에서 대여섯 번째쯤 있는 승강 계단까지 앞으로 나간다. 조심스럽게 아래를 살펴보니 제동수가 승강 계단에 있다. 재빨리 기차 안으로 살짝 숨는 걸 보니 나를 발견한 것이다. 내려오는 나를 덮치려고 문 안쪽에서 기회를 보고 있을 것이다. 나는 모르는 척하며 그가 헛다리를 짚도록 부추긴다. 보이지는 않지만 그는 문을 열고 내가 아직 있는지 한번 확인할 것이다.

역이 다가오자 열차는 속도를 줄인다. 나는 시험 삼아 지붕 아래로 다리를 내밀고 흔든다. 열차가 멈춘다. 나는 계속 아래로 다리를 흔든다. 조용히 문이 열리는 소리가 들린다. 그는 나를 잡으려 만반의 준비를 하고 있다. 갑자기 나는 지붕 위에서 벌떡 일어나 앞으로 달리기 시작한다. 바로 그의 머리 위다. 열차는 아직 서 있다. 밤이라 조용한데 나는 쇠로 된 기차 지붕을 발로 굴러 일부러 소리를 낸다. 잘은 모르겠지만 그는 내가 다음 승강 계단으로 내려올 때 나를 잡으려고 앞쪽으로 달리고 있는 것 같다. 하지만 나는 거기로 내려가지 않는다. 객차 지붕 위 중간쯤에서 재빨리 몸을 돌려 그와 내가 막 지나온 승강 계단으로 살며시 되돌아간다. 안전하다. 나는 기차 다른 쪽으로 내리고 어둠 속에 몸을 숨긴다. 아무도 날 본 사람은 없다.

나는 선로 울타리를 넘어가서 지켜본다. 아하, 저게 뭐지? 기차 지붕 위로 손전등이 앞에서부터 뒤로 움직이고 있다. 내가 내려온 걸 모르고 지붕 위에서 나를 찾고 있다. 더 정확히 말하면 기차를 중심으로 한쪽에 하나씩 두 개의 손전등이 기차 위를 나란히 훑고 있다. 일종의 토끼 사냥이고 내가 토끼다. 지붕 위에서 나를 쓸어내면 기차 양쪽에 있는 제동수들이 나를 잡는다. 나는 담배를 말면서 그들이 지나가는 걸 지켜본다. 일단 나를 지나가면 기차 앞쪽으로 가도 이제 안전하다. 기차가 출발하고 나는 아무런 방해도 없이 첫 번째 깜깜이 칸에 탄다. 하지만 아직 기차가 제 속도를 내기 전에, 나는 담뱃불을 막 붙이려다 화부가 석탄 더미를 기어올라 탄수차 끝에서 나를 내려다보고 있는 걸 알아챘다. 나는 완전 겁에 질렸다. 그는 그 자리에서 석탄 더미로 나를 반죽처럼 완전히 뭉개버릴 수도 있다. 하지만 그는 나에게 말을 걸었고, 그 음성에는 다행히도 다소 감탄하는 기색이 섞여 있었다.

"이 못된 녀석." 그가 뱉은 말이다.

최고의 칭찬이었다. 나는 우수상이라도 받은 학생처럼 짜릿했다.

"저기, 이제 물은 더 안 뿌릴 거죠?" 내가 그에게 말을 건다.

"그래." 그는 대답하고는 자기 자리로 돌아간다.

그와는 우호적으로 풀렸지만 제동수들은 아직 나를 찾고 있다. 다음 역에서 제동수들은 모두 세 차량에 나눠탔고, 이전처럼 나는 그 차량을 지나 보낸 뒤 중간 차량의 지붕 위에 올라탄다. 승무원들이 이젠 단단히 벼르고 있고 기차가 멈춘다. 제동수들은 나를 떼어내려고 하고 있거나 내가 잡히지 않는 이유를 궁리하고 있다. 이 대단한 대륙횡단 열차가 나 때문에 역에서 세 번이나 멈췄다. 그리고 그때마다 나는 제동수들을 따돌리고 객차 지붕을 잡았다. 하지만 그들이 상황 파악을 하게 되면 더는 그럴 수 없다. 그들은 이런 식으로는 나를 기차에서 쫓아낼 수 없음을 알았다. 이제 그들은 다른 방법을 써야 한다.

그리고 그들은 그렇게 한다. 바로 기차가 멈추고 그들이 미친 듯이 나를 쫓는다. 아, 그들의 작전을 알겠다. 그들은 내가 기차 뒤쪽으로 뛰게 몰고 있다. 위험하다. 후미로 몰리면 기차는 나를 뒤에 남겨놓고 출발할 것이다. 나는 왔다 갔다 방향을 틀고 몸을 돌려 추적자들을 피한다. 그리고 기차 앞쪽을 잡는다. 제동수 하나가 내 뒤로 따라붙는다. 좋아, 빠르기라면 얼마든지 자신 있으니 숨이 넘어가도록 뛰게 해주지. 나는 선로를 따라 앞으로 곧장 내달린다. 상관없다. 10마일쯤 나를 쫓아와도 그는 결국 기차를 타야 하고, 그가 탈 수 있는 속도면 나도 탈 수 있다.

그래서 나는 여유 있게 그보다 앞서 달리면서도 사고가 날 수도 있는 도랑이나 전철기*가 있는지 경계하며 어둠 속을 살핀다. 아뿔싸! 너무 앞쪽으로 멀리 보고 달리다 발에 뭔가 걸려 넘어졌다. 뭔지 모를 작은 것에 걸려 한참을 비틀대다 땅바닥에 나자빠졌다. 바로 일어났지만 제동수가 내 목덜미를 낚아챘다. 나는 빠져나가려고 버둥대지 않는다. 숨을 깊게 들이마시고 그의 체격을 가늠한다. 어깨가 좁고

* 차량을 다른 선로로 옮길 수 있도록 선로가 갈리는 곳에 설치한 장치

나보다 10킬로는 덜 나간다. 게다가 그도 나만큼이나 지쳐 보인다. 만일 그가 나를 한 대 치려 들면 나도 가만있지는 않겠다.

하지만 그는 나를 치려 하지 않았고 그 문제는 정리되었다. 대신 그가 나를 기차 쪽으로 끌고 가려 하니 다른 문제가 생긴 셈이다. 차장과 다른 제동수의 손전등이 보인다. 그는 나를 끌고 그쪽으로 가고 있다. 나는 뉴욕 경찰서도 가봤고 유개화차에서, 물탱크에서, 감방에서 이들이 얼마나 잔인하게 구는지 들은 바도 있다. 하지만 이들이 나한테 거칠게 나오면 어쩌지? 내가 그들을 있는 대로 약을 올렸다는 사실은 자명하다. 나는 급히 머리를 굴린다. 우리는 그들과 점점 가까워지고 있다. 만약 이 셋이 나에게 심하게 굴면 어쩌지? 나는 나를 잡은 제동수의 배와 턱을 가늠하며 여차하면 그에게 좌우 연타를 먹일 기회를 노린다.

이런! 그를 상대할 만한 다른 방법이 있다. 잡혔을 때 내가 왜 그 방법을 안 썼는지 진짜 후회스럽다. 내 뒷덜미를 잡고 있는 그를 아프게 할 수 있다. 나를 꽉 움켜쥔 그의 손가락이 내 옷깃에 파묻혀 있고 내 외투는 끝까지 잠겨져 있다. 지혈대를 본 적이 있는가? 바로 그 원리이다. 머리를 그의 팔 아래로 숙이고 몸을 돌리기만 하면 된다. 빨리, 아주 빨리 몸을 돌려야 한다. 어떻게 해야 할지 알고 있다. 머리를 숙이고 돌 때마다 순식간에 과감하게 돌려야 한다. 그럼 그가 상황을 파악하기도 전에 나를 잡은 손이 이미 꺾여 움직이지 못하게 된다. 그는 손을 뺄 수가 없다. 일종의 강력한 지레 같은 것이다. 내가 돌기 시작하고 20초만 지나면 손가락 끝 혈관과 연약한 힘줄은 끊어질 듯하고 모든 신경과 근육이 짓눌려 심한 고통으로 바스러지는 듯할 것이다. 누군가 멱살을 잡는다면 한번 해보시라. 하지만 빠르게, 번개처럼 빨라야 한다. 또 몸을 돌릴 때 자신을 잘 보호해야 한다. 왼손으로 얼굴을, 오른손으로는 복부를 감싸야 한다. 몸을 돌리지 못하게 상대가 자유로운 다른 팔로 내리칠 수도 있으니 말이다. 자유롭게 있는 팔 쪽보다 그 바깥쪽으로 도는 것도 좋은 방법이다. 들어오다 맞는 주먹보다 물러나며 맞는 주먹이 더 나은 법이다.

제동수는 자신이 곧 아주 아주 고통을 받으리란 걸 전혀 모를 것이다. 그들이 나를 심하게 다룰 생각은 없었기 때문에 그는 살았다. 그들이 가까워지자 제동수는 나를 잡았다고 소리치고 그들은 열차에 출발 신호를 보낸다. 기관실과 세 칸의 깜깜이 차량을 지나 보낸 후에 차장과 다른 제동수들은 훌쩍 기차로 뛰어오른다. 하지만 나를 잡고 있는 제동수는 여전히 움직이지 않는다. 무슨 속셈인지 알겠다. 기차 후미가 지나갈 때까지 나를 잡고 있다가 그가 기차로 뛰어오르면 나는 버려진 채 뒤에 남게 된다.

하지만 기관사가 늦어진 시간을 보충하려고 속도를 빠르게 올리며 출발한다. 게다가 기차는 칸이 많이 달린 긴 차량이다. 기차는 거침없이 달리고 제동수는 걱정스럽게 그 속도를 가늠한다.

"잡을 수 있을 것 같아요?" 나는 아무것도 모르는 척 묻는다.

그는 내 멱살을 풀어주고 재빠르게 뛰어 기차에 오른다. 하지만 아직 빠져나가지 못한 차량 몇 량이 남아 있다. 그도 그걸 알기에 계단에서 머리를 내밀고 나를 지켜본다. 그 순간 내가 뭘 해야 할지가 떠올랐다. 마지막 칸의 승강 계단을 잡자. 속도가 점점 빨라지고 있지만 실패해봐야 진흙 바닥을 한번 구르기밖에 더 하겠는가. 그리고 나는 젊음이란 낙천성으로 가득했다. 스스로 포기하지 않는다. 나는 포기한 척 어깨를 축 늘어뜨리고 서 있다. 하지만 동시에 발로 자갈을 고르고 있다. 발판으로는 그만이다. 그리고 고개를 내밀고 있는 제동수를 살핀다. 그가 안으로 들어간다. 그는 내가 타기엔 기차가 너무 빠르다고 자신하고 있다.

기차는 내가 여태껏 잡아본 기차 중에 가장 빠르게 달리고 있다. 마지막 객차가 내 앞을 지날 때 나는 기차와 같은 방향으로 뛰어나간다. 순간적인 단거리 질주이다. 기차와 같은 속도를 내길 기대할 수는 없지만 속도 차이를 최대한 줄이면 뛰어들 때 충격을 덜 받을 수 있다. 어둠 속에서 순식간에 지나가기 때문에 마지막 승강 계단의 철 손잡이는 보이지도 않고 찾을 시간도 없다. 거기쯤 있으리라고 생각되는 곳을 향해 손을 뻗으며 땅에서 몸을 날린다. 결과는 동전 던지기이다. 다음 순간 나는 갈비뼈나 팔이 부러지거나 머리가 깨진 채 자갈밭을 구르게 될 수도 있다. 하지만 내 손은 계단 손잡이를 움켜쥐었고 팔이 확 당겨지며 가볍게 몸이 딸려 갔다. 그리고 발이 계단에 난폭하게 꺾이며 안착했다.

나는 계단에 앉았다. 스스로가 너무 자랑스러웠다. 호보 생활을 하면서 했던 기차 잡기 중에 최고의 순간이었다. 밤이 늦어서 승강 계단에 앉아 있어도 다음 몇 역까지는 안전하다는 걸 알지만 기차 후미 쪽인 것이 좀 꺼림칙하다. 다음 역에서 나는 기차 옆쪽으로 침대차를 지나 앞으로 갔다. 일반 객차 밑으로 들어가 차축에 탔다. 다음 역에서 다시 앞으로 가서 다른 차축에 올랐다.

이제 어느 정도 안심이다. 제동수들은 나를 따돌렸다고 생각한다. 하지만 길고 길었던 낮과 아주 험난했던 밤의 효과가 나타나기 시작한다. 게다가 기차 아래는 그렇게 바람이 세지도 춥지도 않다. 나는 졸기 시작한다. 절대 졸면 안 된다. 차축에서 조는 것은 죽음을 의미한다. 그래서 나는 한 역에서 기어 나와 두 번째 깜깜이 차량까지 앞으로 간다. 여기면 누워서 잘 수 있다. 그리고 나는 잠들었다. 얼마나 오래 잤는지 모르겠는데 얼굴에 쏟아지는 손전등 불빛에 잠이 깼다. 제동수 둘이 나를 빤히 바라보고 있다. 나는 벌떡 일어나 누가 먼저 덤벼들지 살피며 방어 자세를 취한다. 그러나 그들은 나에게 주먹질을 할 생각은 전혀 없다.

"네 놈을 떨궈버린 줄 알았는데." 나를 잡았던 제동수가 말한다.

"나를 잡고 놔주지 않았다면 우리 둘 다 떨어져 나갔겠죠." 내가 대꾸했다.

"어떻게?" 그가 물었다.

"내가 당신을 잡고 늘어졌을 테니까요."

그들은 잠시 의논을 하더니 다음과 같은 판결을 내린다.

"자넨 어쨌든 타겠군. 떼어버리려 해봤자 소용이 없으니까."

그렇게 그들은 자리를 떴고 자신들의 운행 구역이 끝날 때까지 나를 내버려 두었다.

앞서 한 이야기는 '기차 잡아타기'가 무엇인지에 대한 하나의 실례라 할 수 있다. 당연히 나는 내가 경험했던 것 중에 운이 좋았던 밤을 선택했고, 실수해 기차를 놓치고 버려졌던 수많은 밤에 대해서는 한마디도 하지 않았다.

끝으로 운행 구역이 끝났을 때 무슨 일이 있었는지 얘기하고 싶다. 대륙횡단 철도는 단선이라 화물열차의 경우 분기역에서 기다렸다가 객차 뒤에 붙어 운행한다. 분기역에 도착하자 나는 기차에서 내려 다음에 출발할 화물열차를 찾았다. 그리고 다른 선로에서 떠날 준비를 하며 기다리고 있는 화물열차를 발견하고 석탄이 반쯤 차 있는 유개화차로 기어들어 가 누웠다. 그리고 바로 잠이 들었다.

문이 열리는 소리에 잠이 깼다. 춥고 흐린 날씨에 막 동이 터오고 있었다. 화물열차는 아직 출발하지 않고 있었다. 차장이 문 안으로 고개를 들이밀었다.

"거기서 나와, 이런 빌어먹을, 망할 놈아!" 그가 고함을 쳤다.

나는 그의 말을 따랐다. 그리고 밖에서 그가 열차를 따라 내려가며 차량마다 뒤지고 있는 걸 지켜보았다. 그가 사라지자 내가 쫓겨난 차량으로 다시 기어들어도 모르겠다는 생각이 떠올랐다. 그래서 나는 다시 그 차량에 기어들어 가 누웠다.

그런데 차장의 정신 구조도 나와 비슷한지 내 행동을 바로 예상했다. 그는 다시 돌아와 나를 쫓아냈다.

그러자 그도 내가 세 번이나 같은 짓을 할 거라곤 상상도 못 하리라는 생각이 들었다. 그래서 다시 같은 칸으로 갔다. 하지만 이번엔 좀 더 확실한 방법을 쓰기로 했다. 그 차량은 한쪽 문만 열리고 다른 쪽 문은 못질이 되어 있었다. 석탄 더미 맨 위에서부터 폐쇄된 문 쪽으로 구멍을 파서 거기 누웠다. 문이 열리는 소리가 들렸다. 차장이 기어올라 와 석탄 더미 위에서 구멍을 들여다보았다. 그는 내가 보이지는 않았지만 나오라고 소리를 질렀다. 나는 그를 속이려고 꼼짝 않고 있었다. 하지만 내가 판 구멍으로 그가 석탄 조각들을 던지기 시작했고 나는 포기했다. 그렇게 세 번째도 쫓겨났다. 그리고 그는 여기서 한 번만 더 잡히면 무슨 일이 생길지 각오하라고 친절하게 알려주었다.

나는 작전을 바꿨다. 어떤 사람이 당신 머릿속을 꿰뚫고 있을 때 그를 따돌리려면 이전 사고 방식을 깨고 새로운 방법을 써야 한다. 그것이 내가 한 일이다. 나는 가까이 있는 다른 선로의 화물 차량 사이에 숨어 지켜보았다. 너무도 당연히 차장은 다시 그 차량으로 돌아와 문을 열고 올라타 소리치고 내가 판 구멍 안으로 석탄을 던졌다. 석탄 위로 올라가 구멍 안을 들여다보기까지 했다. 그는 만족했다. 5분 후에 화물열차는 출발했다. 그는 보이지 않았다. 나는 차량과 나란히 뛰다가 문을 열고 올라탔다. 그는 다시는 나를 찾지 않았고 나는 정확히 1,022마일을 석탄차를 타고 달렸다. 대부분의 시간을 자다가 분기역에서(화물열차는 항상 한 시간쯤 그 역에 머무르곤 했다) 내려 먹을 걸 구걸했다. 1,022마일을 달린 뒤에 운 좋은 일이 생겨 기차를 보냈다. 나는 '정찬'에 초대받았고, 어느 때든 기차 때문에 식사 초대를 놓치는 떠돌이는 살아남지 못한다.

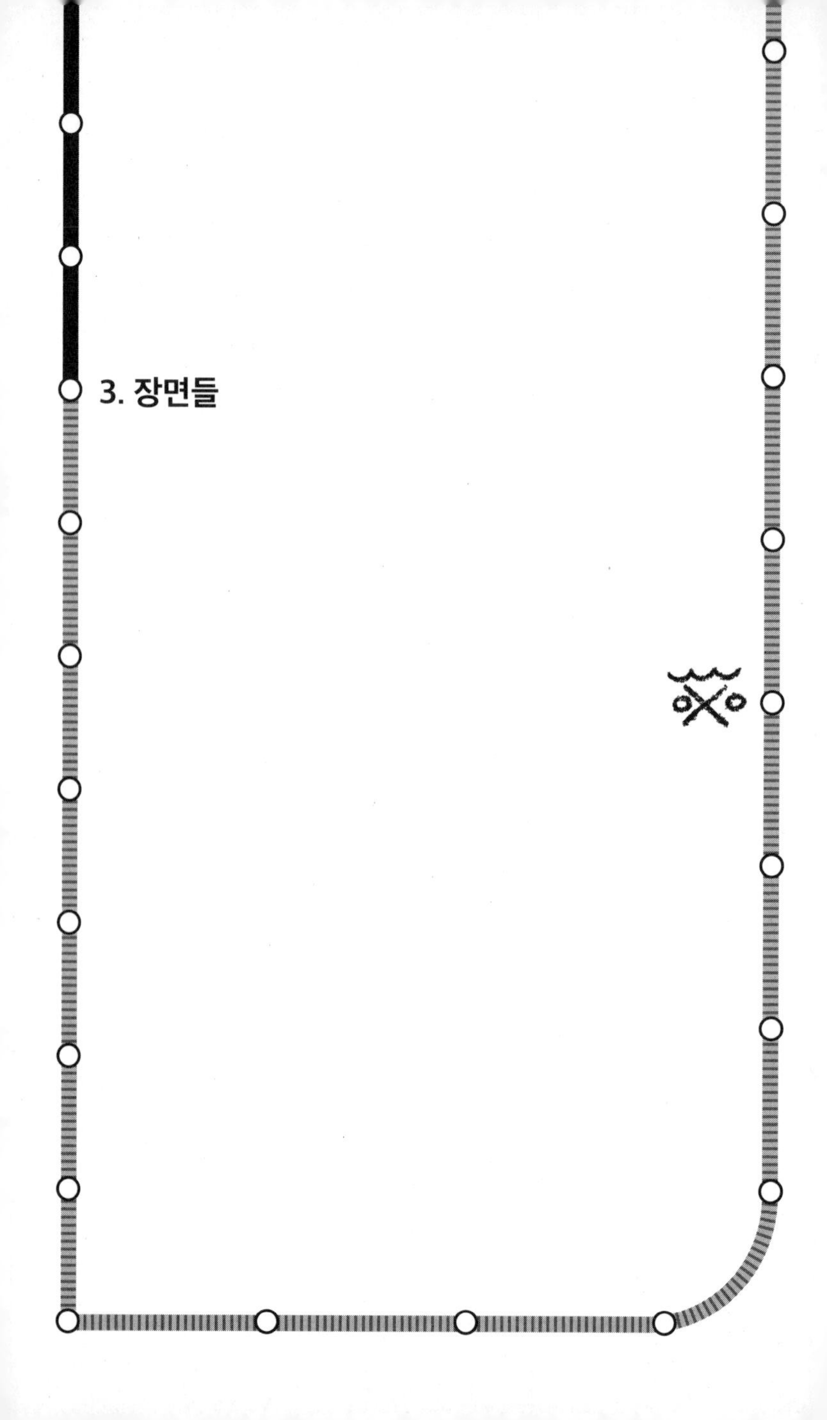

3. 장면들

아마도 떠돌이 삶이 주는 가장 큰 매혹은 단조롭지 않다는 것이리라. 호보 세계에서 삶의 양상은 계속 변하는 만화경처럼 변화무쌍하다. 있을 수 없는 일들이 일어나고 길을 돌 때마다 덤불 속에서 생각도 못 한 것들이 튀어나온다. 호보는 다음 순간에 무슨 일이 일어날지 절대 알지 못한다. 그래서 오직 현재만을 살아간다. 목표를 가지고 노력을 한다 한들 소용없다는 걸 배웠고, 우연이라는 변덕에 몸을 맡기고 흘러가는 즐거움을 안다.

종종 떠돌이 시절을 돌아볼 때마다 기억 속에서 찰나의 장면들이 이어지며 반짝이는 데 경이로움을 느끼곤 한다. 어느 장면이 떠올랐는지는 상관없다. 그 시절의 하루는 따로 뚝 떨어진 시간이 아니고 하나하나 이어져 움직이는 장면의 기록이다. 예를 들어 펜실베이니아 해리스버그의 어느 화창한 여름 아침을 떠올리면 운이 좋았던 그 하루의 시작이 생각난다. 두 아가씨와 부엌도 아닌 식당에서, 식탁에 함께 앉아 만찬을 즐겼다. 우리는 에그컵으로 달걀을 먹었다. 에그컵을 본 건 처음이었다. 들은 적도 없었다. 고백하자면 처음엔 약간 어색했다. 하지만 나는 배가 고팠고 뻔뻔했다. 나는 에그컵을 해치웠다. 두 아가씨가 놀라 자세를 바로 할 정도로 달걀을 먹어치웠다.

한 쌍의 카나리아처럼 달걀 하나를 깨작거리고 조그마한 토스트 조각을 야금야금 뜯어먹고 있던 그녀들로서는 당연했다. 그녀들은 몸에 생기가 없고 혈색도 시원치 않았다. 그녀들은 밤새 따듯한 곳에서 잤다. 나는 밤새 길에 있었다. 그리고 펜실베이니아주 북부 엠포리엄에서부터 체온을 유지하며 달려오느라 거의 탈진한 상태였다. 조그만 토스트 조각이라니! 눈에 보이지도 않는다. 나에게는 한입 거리도 되지 않는다. 씹을 것도 없다. 한 번에 쓸어 넣어도 모자랄 판에 하나씩 집고 있으니 미칠 노릇이었다.

내가 아주 어렸을 때 펀치라는 작은 개가 하나 있었다. 개한테 먹이를 주는 것은 내 일이었다. 하루는 집안의 누군가 오리를 잔뜩 잡아왔고 우리는 멋진 고기 만찬을 즐겼다. 식사가 끝나고 나는 펀치를 위해 그릇에 뼈와 작은 고기 조각들을 한가득 담았다. 그리고 개에게 주기 위해 밖으로 나갔다. 때마침 이웃 목장에서 누군가 찾아왔는데 그는 송아지만 한 뉴펀들랜드종 개를 데리고 왔다. 내가 접시를 땅에 내려놓자 펀치는 꼬리를 흔들며 먹기 시작했다. 최소 앞으로 30분은 개에게 최고로 행복한 시간이었다. 그런데 큰 개가 갑자기 달려들었다. 펀치는 태풍에 날아가는 지푸라기처럼 떨어져 나갔고 뉴펀들랜드 개가 그릇을 덮쳤다. 밥통도 큰 데다 빨리 삼키는 훈련이라도 받았는지 내가 놈의 갈비뼈를 차버리기도 전에 순식간에 해치웠다. 녀석은 그릇에 있는 음식을 모조리 다 먹어치웠다. 그릇은 깨끗이 비워졌다. 아쉬운 듯이 혀로 국물까지 깨끗이 핥았다.

해리스버그의 두 아가씨와 함께한 식탁에서 나는 그 뉴펀들랜드 개가 우리 개 펀치 밥에 했던 것 같은 행동을 했다. 나는 그릇들을 말끔히 비웠고 뭔가를 부수지는 않았지만 달걀과 토스트, 커피를 해치웠다. 하녀가 음식을 더 가져왔지만 나는 그녀가 쉬게 두지 않았다. 그녀는 계속 음식을 날라야 했다. 커피는 너무 훌륭했지만 그렇게 작은 컵에 내올 필요는 없지 않을까. 한 잔 마실 때마다 새 잔을 준비하는 시간이 너무 걸려 마시는 데 집중할 수가 없었다.

그래도 혀를 놀릴 시간은 있었다. 뽀얗고 발그레한 피부에 옅은 곱슬머리를 가진 두 아가씨는 모험이라는 빛나는 광채를 본 적이 없었다. '떠돌이 왕'께서 말씀하셨듯 그녀들은 평생을 쳇바퀴 돌듯 살아왔다. 평온한 삶이라는 그녀들의 향기롭지만 좁은 우리 안으로 나는 넓은 세상의 공기를 끌어왔다. 땀과 투쟁이라는 날 것의 향기를, 낯선 나라 낯선 땅의 맛과 향기를 실어왔다. 내 굳은살 박힌 손바닥으로 그녀들의 말랑말랑한 손바닥을 쓸어보기도 했다. 밧줄을 당기고 감으며, 오랜 시간 고된 삽질로 생긴 굳은살은 1센티미터는 되는 뿔 모양이었다. 단지 젊음의 객기 때문이 아니라 내가 그렇게 힘겹게 살아왔기에 그녀들의 친절을 받을 자격이 있다는 것을 증명하기 위해서 그렇게 했다.

아, 12년 전에 아침 식탁을 함께했던 그 상냥하고 사랑스러운 아가씨들이 지금도 눈에 선하다. 세상에서 내가 살아온 방식을 이야기하면서, 진짜 돼먹지 않은 놈들이 그러는 것처럼 그녀들의 친절한 조언을 무시했다. 내가 겪은 위험천만한 일뿐 아니라 어깨를 맞대고 비밀을 함께 나눴던 다른 녀석들의 것까지 덧붙여 그녀들을 겁먹게 했다. 아가씨들이 좀 덜 순진하고 의심도 많았다면 전후 관계를 캐물어 나를 꼼짝 못 하게 할 수도 있었을 것이다. 글쎄 그게 뭐 어쨌단 말인가. 여러 잔의 커피와 달걀과 토스트 조각들, 나는 제값을 치렀다. 나는 정당하고 당당하게 그녀들을 즐겁게 해주었다. 나와 식사를 함께했다는 것이 그녀들에게는 모험이었고 값을 매길 수 없을 만큼 귀중한 시간이었다.

아가씨들과 헤어져 길을 따라 내려오다 어떤 게으름뱅이 집 문간에서 신문을 슬쩍했다. 그리고 공원 잔디에 누워 지난 하루에 일어난 세상 소식을 접했다. 공원에서 동료 호보 하나를 만났는데 그는 자신의 이야기를 들려주며 미군에 같이 입대하자고 나를 물고 늘어졌다. 그는 이미 신병 담당관에게 신청을 했고 막 입대하려던 참이었다. 그는 왜 내가 같이 가지 않는지 이해하지 못했다. 그는 몇 개월 전에 워싱턴으로 행진했던 콕시* 부대원이었고, 그때부터 군대 생활에 관심이 생긴 것 같았다. 나 역시 사설 부대 켈리군** 의 제2부대인 L중대에서 사병으로 있었던 고참 아닌가? L 중대는 흔히 '네바다 패거리'로 불리곤 했다. 하지만 내 군대 경험은 그와는 정반대 결과를 낳았다. 그래서 나는 그가 개싸움을 하러 가게 두고 저녁 식사를 위해 발길을 돌렸다.

저녁을 해결한 뒤 나는 서스케하나 다리를 건너 서쪽 강변 쪽으로 걸었다. 이름은 생각나지 않지만 그쪽으로 지나는 철도선이 있었다. 그날 아침 잔디밭에 누워 있다가 볼티모어로 가야겠다는 생각이 들었다. 이름이 뭐든 그 철도로 볼티모어로 가야겠다. 따사로운 오후였다. 다리를 건너며 보니 교각 아래서 수영을 하는 사람들이 많았다. 옷을 벗고 나도 뛰어들었다. 물에 들어가니 아주 좋았다. 근데 물에

---

* 미국의 사회 개혁가 제이컵 콕시Jacob Coxey. 1894년에 농민, 실업자 무리인 이른바 콕시 부대를 이끌고 워싱턴으로 행진해서 의회에 실업자 구제법을 청원했다.

** 켈리 장군으로 불리던 찰스 켈리Charles Kelly가 이끌던 2천 명의 호보 부대

서 나와 옷을 입으려 보니 도둑을 맞았다. 누군가 내 옷을 죄 뒤졌다. 도둑맞은 것만으로도 하루치 모험은 충분하지 않을까? 어떤 사람은 도둑 한번 맞은 일을 평생 얘기하고 다녔다. 사실 내 옷을 뒤진 도둑은 별 수확이 없었다. 삼사십 센트쯤 되는 10센트와 1센트짜리 동전 몇 개, 담배와 담배 말이 종이 정도였다. 그게 내가 가진 전부였지만 다른 도둑맞은 사람들보다 더 뼈아픈 일이었다. 왜냐면 나는 집도 없지만, 그들은 집이라도 남아 있지 않겠는가. 도둑은 거기서 수영을 하던 아주 거친 깡패였다. 상황을 판단해보니 소리를 지르지 않는 게 나을 것 같았다. 그래서 담배 한 개비라도 건지기 위해 그에게 빌었다. 내 종이로 만 담배라고 욕이라도 해줬어야 했는데.

다리를 건너 나는 서쪽 강변으로 움직였다. 거기 내가 따라 뛰어야 할 철도가 있었다. 역은 보이지 않았다. 이제 역으로 가지 않고 화물차를 어떻게 잡을지가 문제였다. 철로는 경사가 점점 심해지다 내가 봐둔 위치에서 최고조였다. 무거운 화물차가 거기서 빠른 속도를 낼 수는 없었다. 그러나 그 속도가 어느 정도인지가 문제였다. 철로 반대편에 높은 축대가 있었다. 축대 위 풀밭 위로 어떤 남자의 머리가 삐죽 솟아 있는 게 보였다. 아마 그라면 남쪽으로 가는 다음 열차가 언제 있는지, 얼마나 빨리 경사를 통과하는지 알 터였다. 그를 소리쳐 부르자 그가 축대로 올라오라고 손짓했다.

나는 그의 말을 따랐다. 축대 위로 올라가 보니 그 사람말고 네 명이나 더 풀밭 위에 누워 있었다. 상황을 보니 그들이 누군지 알 것 같았다. 미국 집시들이었다. 축대 위에는 나무들로 둘러싸인 평지가 펼쳐져 있었고, 정체 모를 마차들도 몇 대 있었다. 반은 벌거벗고 반쯤은 누더기를 걸친 아이들이 캠프 주위에 우글거렸다. 아이들은 어른들을 귀찮게 하지 말라는 주의를 받았는지 가까이 오지 않았다. 고생에 찌든 마르고 추레한 여자 몇이 허드렛일을 하며 캠프 주위를 어슬렁거렸다. 그리고 어떤 여자가 마차 위에 앉아 있는 것이 눈에 띄었다. 여자는 다리를 모아 힘없이 팔로 안고 고개를 숙여 그 위에 얼굴을 기대고 있었다. 행복해 보이진 않았다. 여자는 무엇에도 관심이 없어 보였다. 하지만 내 착각이었다. 잠시 뒤에 나는 그녀가 마음 쓰는 뭔가가 있다는 걸 알게 되었다. 그녀의 얼굴에는 인간이 겪는 모든 고통이 담겨 있었다. 더는 감당할 수 없을 만한 극한의 비통함이 드러나 있었다. 그 어떤 것도 더는 날 괴롭힐 수 없어, 그녀의 얼굴은 그렇게 말하고 있는 듯했다. 하지만 이것도 역시 내가 잘못 봤다.

나는 경사진 끝 쪽 풀밭에 누워 남자 어른들과 이야기를 나누었다. 나는 미국 호보고 그들은 미국 집시이니 우리는 형제였다. 우리는 말할 때 쓰는 서로의 은어에 정통했다. 이 패거리에 두 명이 더 있었는데, 이들은 강을 건너 해리스버그로 들어온 '유랑민'*들이었다. '유랑민'이란 이리저리 떠돌아다니는 뜨내기를 말한다. 클론다이크 지역의 유랑민과 어원은 같지만 뜻은 다르다. 프랑스어에서 '행군'을 뜻하는 말이 '여정', '도보', '행상' 등의 의미로 변형되었다. 강을 건너온 이 두 '유랑민'을 우산 수리공이라고들 하지만 실제로 우산 수리 기술이 있는지는 모르겠다. 물어보지도 않았고 묻는 것도 예의가 아니었다.

눈부시게 아름다운 날이었다. 바람 한 점 없이 잔잔하고, 내리쬐는 태양의 온기에 온몸이 녹을 듯했다. 여기저기서 자장가 같은 벌레들의 노랫소리가 들려오고 대기는 땅과 초록 식물의 달콤한 향기로 가득했다. 우리는 늘어져 두서없이 이런저런 얘기를 하고 있었다. 그때 갑자기 한 남자로 인해 고요한 평화가 깨지고 긴장감이 돌았다.

---

* 호보들 사이에서는 아직 호보가 되지 못한, 이런저런 잡일이나 행상을 하며 이동하는 떠돌이를 의미한다.

맨다리로 다니던 여덟아홉쯤 된 어린 소년 둘이 뭔지는 모르겠지만 캠프의 규칙을 어긴 것이다. 내 옆에 누워 있던 남자가 갑자기 일어나 소리를 질렀다. 좁은 이마와 쭉 찢어진 눈, 얇은 입술에 비웃는 것처럼 표정이 일그러진 그는 이 패거리의 대장이었다. 왜 두 소년이 그의 목소리에 놀란 사슴처럼 펄쩍 뛰며 떨고 있는지 알 것 같았다. 소년들은 겁에 질린 표정으로 정신없이 도망쳤다. 남자가 아이들을 다시 불렀고 한 아이는 뒤에 처져 어쩔 줄 모르고 있었다. 아이의 약하고 작은 몸은 공포와 이성 사이에서 방황하며 무언극이라도 하는 것 같았다. 아이는 되돌아오고 싶어 했다. 이성적으로나 과거의 경험으로나 돌아오는 것이 도망치는 것보다 죄가 가볍다는 것을 알고 있었다. 하지만 이미 공포에 질린 아이의 발은 달아나고 있었다.

아이는 이러지도 저러지도 못하고 점점 느려지다가 나무들 사이에서 멈춰 섰다. 부족의 대장은 아이를 쫓지 않았다. 그는 어슬렁어슬렁 마차로 가서 큰 채찍을 집어 들었다. 그리고 풀밭 가운데까지 걸어와 가만히 서 있었다. 그는 아무 말도 하지 않았고 움직이지도 않았다. 그가 곧 절대적이면서도 냉혹한 이곳의 법이었다. 그는 단지 거기 서서 기다렸다. 그리고 나도, 거기 있는 다른 이들도, 나무 아래 있는 두 아이도 모두 그가 뭘 기다리는지 알고 있었다.

뒤로 처졌던 아이가 천천히 돌아왔다. 그는 떨면서도 결정을 한 듯한 얼굴이었다. 아이는 처벌을 받겠다고 결심한 듯 더는 우물쭈물하지 않았다. 규칙을 어긴 것이 아니라 도망친 것에 대한 처벌이었다. 처벌에 있어서 부족의 대장은 그가 있었던 문명사회의 법처럼 굴었다. 탈옥수가 잡히면 더 중형을 받는 것처럼 말이다.

아이는 똑바로 대장을 향해 왔고 채찍을 맞기 적당한 위치에 섰다. 채찍이 휙 하고 공기를 갈랐다. 나는 그 육중한 소리에 깜짝 놀라 얼어붙었다. 아이의 다리는 너무 얇고 작았다. 채찍이 휘감아 내리친 자리에 허연 살이 드러났다. 그리고 허옇게 살이 드러난 자리에 잔혹한 채찍 자국이 부풀어 오르고 여기저기 피부가 찢어져 선홍빛 피가 조금씩 흘러내렸다. 다시 채찍이 날아들고 아이의 몸은 충격을 흡수하기 위해 잠시 움찔했으나 자리에서 전혀 움직이지 않았다. 아이는 꿋꿋했다. 두 번째 자국이 부풀어 오르고 세 번째가 이어졌다. 네 번째 채찍을 맞고서야 아이는 소리를 질렀다. 이제 아이는 더는 서 있을 수 없었다. 그때부터 채찍이 날아들 때마다 몸을 이리저리 뒤틀며 고통스러운 비명을 질러댔다. 하지만 아이는 달아나려 하지 않았다. 고통에 반사적으로 몸을 틀다 채찍의 사정거리 밖으로 벗어나면 다시 가까이 왔다. 열두 번으로 채찍질이 끝났다. 아이는 신음을 하며 훌쩍이다 마차 쪽으로 물러났다.

대장은 아직도 서서 기다리고 있었다. 두 번째 아이가 나무 아래에서 나왔다. 하지만 아이는 대장에게 바로 오지 못했다. 겁먹은 개처럼 공포에 짓눌려 대여섯 걸음쯤 물러났다 되돌아왔다. 아이는 짐승처럼 알아듣지 못할 신음을 내뱉으며 물러섰다 다시 돌아오기를 반복했다. 그렇게 빙 돌아서 조금씩 대장에게 가까이 왔다. 대장은 쳐다보지도 못하고 아이의 시선은 채찍에 고정되어 있었다. 상상도 못할 학대를 받은 아이의 광기 어린 공포, 아이의 눈에 드러난 공포는 보는 것만으로도 고통스러울 지경이었다. 나는 전투에 패배한 강한 남자들이 이쪽저쪽으로 나가떨어져 죽음의 고통에 몸부림치는 것도 보았고, 폭탄이 터져 스무 명이나 되는 이들의 몸이 갈기갈기 찢어져 공중으로 흩어지는 것도 보았다. 하지만 정말로 그런 건 이 불쌍한 아이들을 보며 받은 충격에 비하면 웃고 떠들 수 있을 정도였다.

채찍질이 다시 시작되었다. 이번에 비하면 첫째 아이에 대한 채찍질은 장난이었다. 바로 그 작고 여린 다리에서 피가 흘러내렸다. 몸부림치고 뒤틀리고 부풀어 오른 아이의 몸은 줄에 매달려 움직이는 기괴한 인형 같았다. '인형 같다'라고 했지만 아이의 비명이 지금 상황이 가상이 아니라 현실임을 각인시켰다. 아이의 비명은 낮게 잠긴 음성이 아니라 높고 날카로웠으며 성별을 구별할 수 없을 만큼 얇았다. 이제 아이는 더는 서 있지 못했다. 아이는 무의식적으로 도망치려 했다. 하지만 대장이 바로 쫓아가 길을 막고 채찍을 휘둘러 다시 풀밭 공터로 몰고 왔다.

그때 채찍질이 중단되었다. 숨이 멎을 듯한 격렬한 비명이 들렸다. 마차에 앉아 있던 여자가 달려 나와 막아섰다. 여자는 대장과 아이 사이로 뛰어들었다.

"너도 맞고 싶은가 보지, 어?" 대장이 채찍을 들고 말했다. "좋아, 그럼…."

대장이 여자에게 채찍을 휘둘렀다. 여자가 긴 치마를 입고 있어서 다리 대신 얼굴로 채찍을 휘둘렀다. 여자는 손과 팔로 최대한 얼굴을 감싸고 깡마른 어깨 사이에 머리를 묻었다. 그리고 마른 어깨와 팔로 채찍질을 받아냈다. 위대한 모성이여! 여자는 자신이 무얼 하는지 알았다. 아이는 여전히 새된 비명을 지르며 마차로 도망쳤다.

그리고 그동안 내 옆에 누워 있던 네 명의 남자는 전혀 움직이지 않고 이를 보고 있었다. 나도 움직이지 못했지만,

이 얘기를 하는 게 부끄럽지는 않다. 일어나서 말려야 한다는 본능과 참아야 한다는 이성이 심하게 싸워댔지만 나는 이미 삶을 잘 알고 있었다. 내가 거기 서스케하나 축대 위에서 다섯 남자에게 죽도록 맞는다 한들 여자나 나에게 무슨 도움이 되겠는가? 전에 교수형을 당하는 남자를 본 적이 있다. 그때도 내 영혼은 받아들이기를 거부하며 울부짖었지만 내 입에서는 아무 소리도 나오지 않았다. 거기서 울었다간 개머리판에 맞아 내 두개골이나 박살이 났을 것이었다. 교수형을 집행한 남자가 법이었기 때문이다. 그리고 여기 집시 패거리에서는 여자가 채찍을 맞는 것이 법이었다.

그렇지만 내가 끼어들지 못했던 두 경우 모두 그것이 법이라서가 아니라 법이 나보다 강했기 때문이다. 내 옆 풀밭에 있던 네 남자만 아니었다면 채찍을 가진 남자에게 바로 달려들었을 것이다. 캠프에 있던 여자 몇몇이 가지고 있던 칼이나 곤봉이 손에 들어왔다면 대장을 곤죽이 되도록 패버릴 자신도 있다. 하지만 풀밭 공터에는 다른 네 명의 남자가 같이 있었고, 그것이 법이 내 위에 있게 된 이유였다.

아, 정말이지 나 역시 고통스러웠다. 전에도 수없이 여자가 맞는 걸 봤지만 이번 같은 폭력은 처음이었다. 여자가 어깨에 걸치고 있던 옷은 갈기갈기 찢어졌고 미처 피하지 못한 채찍에 뺨에서 턱까지 피가 나는 상처를 입었다. 한 번, 두 번, 열두 번, 스물네 번… 채찍질은 끊임없이 날아들어 끝나지 않을 듯이 그녀를 가격했다. 나 역시 온몸이 땀으로 젖고 숨도 제대로 쉴 수 없어 뿌리가 뽑힐 때까지 풀들을 움켜쥐고 있었다. 머릿속으로는 계속 '바보, 바보!' 같은 말을 되뇌었다. 여자의 얼굴에 난 상처에 더는 참을 수가 없어 막 일어나려던 참이었다. 하지만 내 옆에 있는 남자가 내 어깨를 잡고 눌렀다.

"가만, 친구 가만있게." 남자가 낮은 소리로 경고했다. 나는 그를 보았다. 그도 나를 똑바로 마주 보았다. 어깨가 넓고 건장한 근육질의 남자였다. 그의 표정은 차분하면서도 냉담했고, 부드럽지만 감정이 없었다. 영혼이 전혀 없는 듯한 어두움, 악의도 없지만 도덕도 없고 둔감하지만 굳건한 존재. 그는 동물 같았다. 고릴라 정도의 힘과 두뇌를 가진, 지능이 떨어지는 순한 짐승과 다를 바 없었다. 그의 손이 나를 꽉 눌렀을 때 나는 그의 무게감을 느꼈다. 나는 다른 짐승들을 보았다. 두 놈은 냉정하게 관심도 보이지 않았고, 한 놈은 즐기며 보고 있었다. 그리고 내 이성이 돌아왔다. 온몸에 힘이 풀려 나는 풀밭에 털썩 주저앉았다.

그날 아침 같이 식사를 했던 두 아가씨가 떠올랐다. 직선거리로 2마일도 되지 않지만 그녀들이 있는 곳과 여기는 너무 다른 세계였다. 바람 한 점 없이 태양이 눈부신 이곳에서 그녀의 자매가 나의 형제에게 두들겨 맞고 있었다. 여기 그녀들이 결코 보지 못할 인생의 한 페이지가 있었다. 보지 못하는 편이 더 나을. 그녀들은 보지 못했기 때문에 자기 자신도, 자매애도, 자신을 이루는 육체도 절대 이해할 수 없을 것이다. 달콤하고 좁은 자신들의 방에서 살아가는 그녀들이 이해할 수 없는 세계이다. 그리고 그것이 그녀들이 세상 모든 이들의 어린 누이가 되어줄 수 없는 이유이다.

채찍질이 끝났다. 여자는 이제 비명을 멈추고 마차로 돌아가 앉았다. 다른 여자들이 그녀에게 바로 다가오지는 않았다. 그녀들은 두려워하고 있었다. 하지만 어느 정도 시간이 지나자 그녀에게 다가갔다. 대장은 채찍을 치우고 다시 우리 쪽으로 와 내 맞은편에 털썩 드러누웠다. 힘을 써서인지 거칠게 숨을 내쉬고 있었다. 눈가의 땀을 외투 소매로 훔치고 나를 도전적으로 바라보았다. 나는 태연하게 그의 시선을 받아넘겼다. 그가 무슨 짓을 했건 나와는 상관없다는 것처럼. 나는 급하게 자리를 피하지 않았다. 30분쯤 더 거기 누워 있었다. 그런 상황에서는 그것이 관례이자 행동요령이었다. 나는 그들에게 얻은 담뱃잎으로 담배를 말았다. 그리고 남쪽으로 가는 다음 화물열차에 대한 정보를 얻은 후에 축대에서 내려와 철도로 향했다.

글쎄, 그 장면의 의미는 뭘까? 그것은 삶의 한 페이지이다. 그게 다다. 내가 봤던 끔찍한, 훨씬 더 끔찍한 페이지들도 많았다. 나는 종종 (듣는 이들은 농담이라고 생각했겠지만) 인간과 다른 동물들의 가장 큰 차이점은 인간만이 같은 종의 여성을 학대하는 유일한 동물이라고 말하곤 했다. 늑대나 비열한 코요테도 그런 짓은 하지 않는다. 가축으로 퇴화한 개조차도 그러지 않는다. 그런 면에서 개는 아직 야성의 본능을 간직하고 있지만, 인간은 대부분의 야성 본능을 잃었다. 최소한 좋은 본능은 잃었다.

내가 얘기한 것보다 더 끔찍한 삶의 페이지들도 있을까? 동부, 서부, 남부, 북부, 미국 전역에서 있었던 아동 노동에 관한 보고서를 읽어보면 우리 모두 탐욕스러운 장사치라는 걸 알게 될 것이다. 우리는 모두 서스케하나에서 있었던 여성 폭행보다 더 잔혹한 삶의 페이지를 찍어내는 식자공이자 인쇄공이다.

경사진 철로를 따라 약 100미터쯤 내려가다 적당한 곳에 멈췄다. 언덕에서 속도를 줄인 화물차를 잡기 좋은 곳이었다. 그리고 거기에는 나와 같은 목적으로 열차를 기다리는 여섯 명의 호보가 있었다. 그중 몇은 카드놀이를 하고 있었다. 나도 끼어들었다. 흑인 하나가 패를 돌렸다. 그는 어리고 둥그런 얼굴에 뚱뚱했다. 좋은 사람처럼 보였고 애써 그렇게 보이고 싶어 했다. 첫 번째 카드를 돌리다 말고 나에게 말했다.

"어이, 친구 우리 전에 본 적이 있는 것 같은데?"

"맞아. 전에는 이 옷이 아니었지."

그는 생각하는 눈치였다.

"버펄로 기억나?" 내가 물었다.

그제야 그는 날 알아보고 웃었다. 그리고 연신 감탄사를 뱉으며 반겼다. 버펄로에서 그는 줄무늬 죄수복을 입고 있었다. 그는 이리 카운티 교도소에 잠시 들어간 적이 있었다. 그리고 내 옷도 똑같이 줄무늬였다. 나도 역시 거기 있었기 때문이었다.

카드놀이가 진행되고서야 무슨 내기가 걸렸는지 알게 되었다. 강 쪽으로 둑을 내려가면 좁고 가파른 길이 나오고 8미터쯤 가면 우물이 하나 있다. 우리는 둑 끝에서 카드놀이를 하고 있었다. 그리고 걸린 사람이 작은 농축 우유통을 들고 가 이긴 사람에게 물을 떠다 주는 것이었다.

첫판이 끝났고 흑인이 걸렸다. 그는 작은 우유통을 들

고 둑을 내려갔고 우리는 둑 위에 앉아서 그를 놀렸다. 우리는 물고기처럼 마셔댔다. 나만을 위해 그는 네 번이나 왔다 갔다 했고, 다른 사람들도 완전히 갈증이 풀릴 때까지 나랑 비슷하게 마셨다. 경사가 심한 길을 올라오다 미끄러져 물을 쏟았다. 그래서 더 많이 갔다 와야 했지만, 그는 화를 내진 않았다. 그는 우리랑 같이 호탕하게 웃었고, 웃느라 더 자주 미끄러졌다. 또 다른 사람이 걸리면 자신은 엄청나게 물을 많이 마시겠다고 호언장담하기도 했다.

갈증이 가시자 다음 게임이 시작되었다. 또 흑인 놈이 걸렸고 우리는 다시 최대한 마실 수 있을 때까지 마셨다. 세 번째도, 네 번째도 같은 결과가 나왔고 그때마다 그 까맣고 얼굴이 동그란 놈은 자신에게 주어진 운명에 감사해 죽을 지경이었다. 그리고 우리는 웃느라 죽을 지경이었다. 우리는 거기 둑에 앉아 철부지 아이들처럼, 아니 철부지 신들처럼 웃었다. 나는 머리가 떨어져 나갈 정도로 웃었고, 물에 잠긴 것처럼 느껴질 정도로 우유통의 물을 마셔댔다. 그리고 물로 무거워진 우리가 기차가 언덕을 올라올 때 성공적으로 탈 수 있을까 진지하게 논의를 했다. 상황이 이 지경이 되어서야 흑인 놈은 물 나르기를 멈추고 최소 5분은 바닥을 구르며 웃어댔다.

강 위로 땅거미가 점점 더 짙어지며 부드럽고 서늘한 황혼이 내려앉았다. 우리는 물을 마시고 우리의 흑인 배달꾼은 물을 날랐다. 한 시간 전에 맞았던 여자는 잊혔다. 이미 읽고 넘긴 페이지였다. 나는 지금 새 페이지를 읽느라 바빴다. 언덕 위로 기관차 소리가 들려오면 이 페이지도 끝나고 다른 페이지가 시작될 것이다. 그렇게 인생이란 책은 이 페이지 뒤에 이 페이지, 끝도 없이 한 장씩 넘어간다. 만일 우리가 젊다면.

그때부터 흑인 놈이 걸리지 않을 만한 게임으로 바꿨고 이번 희생자는 위장병이라도 있는 듯 비쩍 마른 호보로, 우리 중에 제일 덜 웃던 자였다. 우리는 더는 물을 못 마시겠다고 말했고, 사실이었다. 호르무즈*와 인도의 부를 다 준다 해도, 어떤 압축기로 압력을 가해도 이미 포화 상태인 내 몸에 물 한 방울도 더 넣을 수는 없을 정도였다. 흑인 놈은 실망해서 방법을 찾았고, 자신은 더 마실 수 있다고 했다. 그는 정말 그렇게 했다. 그는 마시고 또 마셨다. 그 불쌍한 호보는 계속 가파른 둑을 오르내렸고 흑인 놈은 물을 더 가져오라고 시켰다. 그는 우리가 마신 것보다 더 많이 마셨다.

* 페르시아만 호르무즈 해협에 있는 섬으로 13세기부터 무역의 중심지였다.

황혼이 지고 밤이 되었고 별이 나왔다. 그리고 그는 계속 마셨다. 화물열차 소리가 들려오지 않았다면 그는 복수심에 여전히 물을 퍼마시며 그 불쌍한 호보를 괴롭히고 있었을 것이다.

하지만 기차 소리가 들렸고 이 페이지도 끝났다. 우리는 벌떡 일어나 선로를 따라 일렬로 섰다. 저쪽에서 기차가 증기를 뿜으며 칙칙폭폭 언덕을 올라오고 있었다. 헤드라이트 불빛에 대낮처럼 환해져 우리의 그림자가 또렷하게 생겼다. 기관실이 지나가자 우리 모두 기차를 따라 달렸다. 몇몇은 보조 사다리를 잡았고 몇몇은 빈 유개차 옆문에 매달려 기어 올라갔다. 나는 목재들이 쌓여 있는 무개 차량에 올라타서 구석의 편한 자리로 기어갔다. 나는 신문지를 베고 누웠다. 내 위로 반짝이는 별들이 기차가 방향을 틀 때마다 무리를 지어 앞으로 뒤로 회전을 했다. 별들을 바라보다 잠이 들었다. 그날은 그렇게 지나갔다. 수많은 날 중에 하루가 끝났다. 내일은 또 다를 것이고 나는 젊었다.

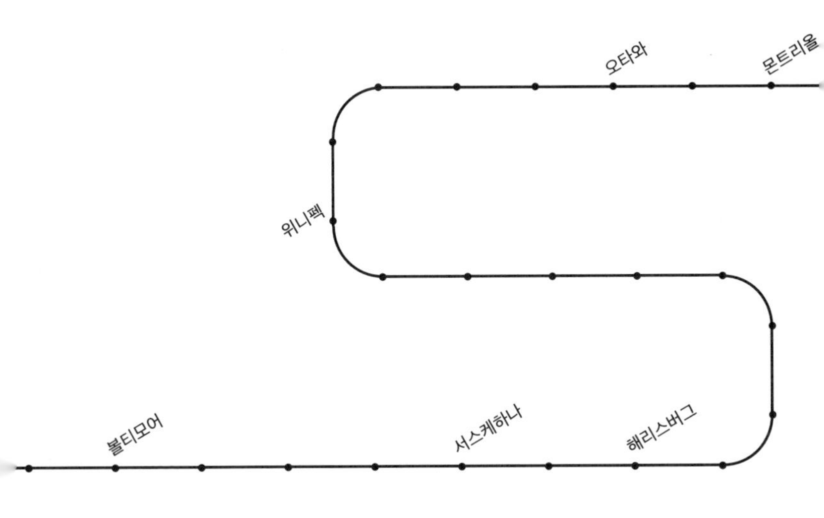

오타와
몬트리올
위니펙
볼티모어
서스케하나
해리스버그

4. 체포되다

나는 '침대칸', 일반 사람들 말로는 유개화차를 타고 나이아가라폴스로 갔다. 우리 사이에서 유개화차는 '곤돌라'라고도 하는데 두 번째 음절에 강세를 두고 길게 발음했다. 어쨌든 얘기로 다시 돌아가서, 나는 오후에 도착해 바로 폭포로 향했다. 물이 떨어지는 그 광대한 풍경에 나는 넋이 나갔다. 저녁을 위해 가정집들을 찾아다녀야 했지만, 자리를 떠날 수 없었다. '정찬'도 내가 발길을 돌리게 유혹하지 못했을 것이다. 밤이 되었고, 아름다운 달빛이 내려앉았지만 나는 11시까지 폭포 근처를 떠나지 못했다. 이제 '잠자리'를 얻느냐 마느냐는 내 능력에 달려 있었다.

'잠자리' '야전 침대' '드러누울 곳', '우리', 모두 같은 뜻으로 잠을 잘 곳을 말한다. 어쩐지 나이아가라폴스는 호보들에게 끔찍한 도시일 것 같은 예감이 들어 나는 교외로 발길을 돌렸다. 울타리를 기어 넘어 풀밭에 '잠자리'를 잡았다. 여기라면 짭새도 나를 찾지 못할 거라고 의기양양했다. 나는 풀 위에 누워 아기처럼 잠들었다. 따듯하고 포근해서 밤새 한 번도 깨지 않고 잘 잤다. 아직 채 날이 밝기도 전에 눈을 떴고 그 멋진 폭포가 생각났다. 폭포를 다시 보기 위해 나는 울타리를 넘어 걷기 시작했다. 아직 5시도 안 된 이른 시각이었고 아침을 구걸하려면 8시는 돼야 했다. 적어도 3

시간은 강가에서 보낼 수 있다. 신이시여! 강도 폭포도 다시 보지 못할 운명이었다니.

내가 시내로 들어섰을 때 도시는 아직 잠들어 있었다. 조용한 거리를 걷다가 보도를 따라 내 쪽으로 오는 세 명의 남자를 보았다. 그들은 나란히 걷고 있었다. 나처럼 일찍 일어난 호보들이라고 판단했다. 나의 추측은 66퍼센트, 즉 3분의 2만 맞았다. 양쪽에 있는 사람은 물론 호보였지만 가운데 사람은 아니었다. 나는 세 사람이 지나갈 수 있도록 보도 가장자리로 비켜섰다. 하지만 그들은 지나가지 않았다. 가운데 있던 남자가 무슨 말인가 하자 세 명이 모두 멈췄다. 그리고 가운데 남자가 내게 말을 걸었다.

내 안에서 바로 경고 신호가 울렸다. 그는 사복 경찰이었고 두 호보는 죄수였다. 짭새가 일찍 일어나 먹이를 찾으러 나온 것이고 내가 그 먹이었다. 그 후 몇 달간 내게 닥친 일들을 얘기하자면 한도 끝도 없을 것이다. 번개처럼 몸을 날려 튀었어야 했다. 남자가 총을 쏠 수도 있었지만 그는 나를 때려잡을 작정이었다. 이미 잡은 두 명의 호보보다 하나를 놓치는 것이 낫기 때문에 나를 쫓지는 않았을 터였다. 하지만 그가 나를 멈춰 세웠을 때 멍청이처럼 나는 가만히 있었다. 간단한 심문이었다.

"어느 호텔에 묵고 있지?" 그가 물었다.

끝났다. 나는 어느 호텔에도 묵고 있지 않았고 그곳 호텔 이름 하나 알지 못했다. 나는 어떤 거처도 댈 수 없었다. 또 너무 이른 아침에 밖에 나와 있었다. 모든 것이 나에게 불리했다.

"지금 막 도착했어요." 내가 말했다.

"좋아, 돌아서서 내 앞으로 걸어. 너무 떨어지지 말고. 네 놈을 보고 싶어 하는 사람이 있어."

나는 '걸렸다.' 누가 나를 보고 싶어 하는지 알고 있었다. 내 뒤에 바짝 붙은 사복 경찰과 두 호보, 그들이 이끄는 방향으로 걷다 보니 시 구치소가 나왔다. 거기서 몸수색을 당하고 이름을 등록했다. 어떤 이름을 댔는지 지금은 잊어버렸다. 처음에 잭 드레이크라는 이름을 댔는데 수색을 당하면서 잭 런던 앞으로 온 편지들이 나왔다. 문제가 생겼고 해명이 필요했다. 무슨 해명을 했는지가 전혀 생각나지 않아 지금은 내가 등록을 잭 드레이크로 했는지 잭 런던으로 했는지도 모르겠다. 둘 중 하나는 거기 나이아가라폴스 구치소 죄수 명단에 지금도 남아 있을 것이다. 때는 1894년 6월 하순쯤이었다. 체포되고 며칠 안 되서 1894년 철도 대파업이 일어났다.

취조실에서 나와 '호보 수용소'로 인도되었다. '호보 수용소'는 커다란 쇠창살 안에 경범죄를 지은 이들을 단체로 수감한 구치소의 한 구역이다. 경범죄자들 중에 호보들이 많아 그 감방은 호보 수용소라 불렸다. 그날 아침 벌써 더 일찍 걸려든 호보도 몇 있었다. 그리고 문이 열릴 때마다 호보들 몇몇이 더 들어왔다. 모두 열여섯 명이 되자 위층의 법정으로 인도되었다. 이 법정에서 일어난 일을 지금부터 충실하게 기록하겠다. 나의 애국적인 미국 시민 정신은 크게 상처를 입고 다시는 회복되지 못했기 때문이다.

법정에는 열여섯 명의 죄수와 판사, 두 명의 집행관이 있었다. 판사가 직접 서기까지 하는 듯했다. 방청객은 없었다. 지역 사회에서 정의가 어떻게 실현되는지를 지켜보기 위해 참석한 나이아가라폴스의 시민은 하나도 없었다. 판사는 앞에 놓인 사건 목록을 훑어보더니 이름을 불렀다. 한 호보가 일어섰다. 판사가 집행관을 힐끗 보자 "부랑자입니다, 존경하는 재판장님." 집행관이 말했다. "구류 30일." 존경하는 재판장님이 선고했다. 그 호보가 앉자 판사는 다른 이름을 불렀고 다른 호보가 일어났다.

그 호보를 재판하는 데 15초쯤 걸렸다. 다음 호보의 재판 역시 똑같은 속도로 신속했다. 집행관이 "부랑자입니다,

판사님"이라고 말하면 판사는 "30일"이라고 대꾸했다. 시계처럼 움직였다. 한 호보당 15초 그리고 30일.

불쌍하고 아둔한 가축들, 그렇게 혼자 생각하며 내 차례가 오기만을 별렀다. 존경하는 재판장님께 한바탕 '연설'을 늘어놓을 생각이었다. 판사는 이런 식으로 해나가다가 무슨 변덕인지 한 명에게 발언 기회를 주었다. 기회가 왔지만 그는 진짜 호보가 아니었다. 그에게는 전문적인 '떠돌이'라는 표식이 전혀 없었다. 물탱크 앞에서 화물열차를 기다리고 있을 때 그가 다가왔다면 우리는 그를 바로 '뜨내기'로 분류했을 것이다. 뜨내기란 호보 세계에서 신참이라는 뜻이다. 이 뜨내기는 나이가 있어 보였다. 대략 마흔다섯쯤이라고 나는 판단했다. 어깨는 약간 굽었고 세상의 풍파에 주름진 얼굴이었다.

그의 얘기에 따르면 오랫동안 뉴욕 록포트에 있는 한 회사에서 반장으로 일했는데(내 기억이 맞다면), 회사가 어려워졌다고 한다. 그러다 1893년 불황으로 문을 닫게 되었다. 마지막에는 일이 띄엄띄엄 있는데도 끝까지 버텼다고 한다. 그는 몇 달 동안 일을 구하려고 갖은 애를 썼던 얘기들(엄청나게 많은 실업자들이 생겼을 때였다)을 늘어놓았다. 결국 오대호 인근으로 가서 일을 찾기로 하고 버펄로로 출발했다. 당연히 그는 '빈털터리'가 되었고 여기 법정에 서게 되었다는 것이다.

"구류 30일." 판사가 선고하고 다른 호보를 호명했다.

이름을 불린 호보가 일어났고 "부랑자입니다, 존경하는 재판장님." 집행관이 말했고 판사는 "30일"이라고 선고했다.

재판은 한 명당 15초와 30일로 진행되었다. 정의라는 기계가 순조롭게 돌아가고 있었다. 재판이 그렇게 일찍 시작되었던 것을 고려하면 판사는 아직 아침도 먹지 못했으리라. 그래서 그는 급했다.

내 미국인의 피가 끓어올랐다. 내게는 수많은 세대를 거쳐 이어져 온 미국인 선조들의 피가 흐르고 있었다. 내 선조들이 목숨을 바쳐 싸워온 자유 중의 하나가 배심원 재판의 권리였다. 그들의 신성한 피가 물든 유산이었다. 내가 지키고 싸워야 할 권리였다. 좋아. 내 차례가 올 때까지만 기다리자, 나는 벼르고 있었다.

내 차례가 왔다. 내 이름이, 그게 뭐든, 불리고 나는 일어섰다. 집행관이 "부랑자입니다"라고 말했다. 내가 말을 꺼내자마자 판사도 동시에 입을 열었다. 판사가 "30일"이라고 했다. 나는 항의하기 시작했으나 판사는 이미 목록에 있는 다음 호보의 이름을 부르고 있었다. 판사는 내게 "입 닥쳐!"라고 말하기 위해서만 잠시 멈췄을 뿐이다. 집행관이 강제로 나를 앉혔고 바로 다음 호보가 30일 구류를 받았고 또 그다음 호보의 판결이 이어졌다.

우리 모두에게 구류 30일을 선고한 뒤 판사는 폐정을 선언하려다 말고 갑자기 발언을 허락한 유일한 사람, 록포트에서 온 반장에게 몸을 돌리고 물었다. "왜 일을 그만두었지?"

이미 그는 어떻게 일을 그만두게 되었는지 설명했지만 다시 질문을 받았다.

"존경하는 재판장님." 그는 당황해서 말했다. "왜 또 물으시죠?"

"일을 그만둔 죄로 30일 추가." 그렇게 말하고 판사는 폐정을 선언했다. 결과적으로 그 반장은 모두 합쳐 60일, 나머지 사람은 30일의 구류를 선고받았다.

우리는 아래층으로 내려가 다시 구치소에 갇혔고 아침 식사를 받았다. 감옥에서 주는 아침 식사치고는 아주 훌륭했고 그 후 한 달간 나왔던 것 중 최고였다.

나는 넋이 나갔다. 이런 어처구니없는 재판으로 판결을 받았다. 배심원 판결을 받을 권리뿐 아니라 유죄나 무죄에 대해 변론할 권리마저 거부당했다. 내 선조들이 쟁취했던 또 다른 권리가 떠올랐다. 구속적부심사. 가만있지 않겠다. 내가 변호사를 요청하자 그들이 코웃음을 쳤다. 구속적부심사는 맞는 말이지만 감옥 밖에 아는 사람도 없는데 무슨 소용이냐고 했다. 그들을 가만두지 않겠다. 그들이 나를 감옥에 영원히 가둬둘 수는 없다. 내가 나가기만 해봐라. 정신이 번쩍 들게 해주지. 나도 법과 권리에 대해 어느 정도는 알았다. 정의의 이름으로 그들의 부패를 폭로하겠다. 교도관이 들어와 우리를 중앙 사무실로 밀칠 때도 내 눈앞에는 손해배상 청구와 충격적인 신문 헤드라인이 어른거리고 있었다.

경찰이 내 오른쪽 손목에 수갑을 채웠다. (아, 또 다른 모욕이었다. 나가서 보자.) 수갑의 다른 왼쪽은 한 흑인의 손목에 채워졌다. 키가 180센티미터는 넘는 아주 큰 흑인이었다. 그와 나란히 서자 수갑 찬 내 손이 살짝 딸려 올라갔다.

모두 이런 식으로 두 사람씩 묶여 수갑이 채워졌다. 일이 끝나자, 반짝이는 니켈 쇠사슬을 가져와 모든 수갑의 고리를 하나로 엮었고 맨 앞뒤 두 사람의 수갑엔 열쇠를 채웠다. 우리 무리는 하나의 사슬로 엮였다. 앞으로 걸으라는 명령에 따라 경관 두 명의 감시를 받으며 거리로 나왔다. 키 큰 흑인과 내가 영광스러운 자리를 차지했다. 우리가 선두였다.

무덤처럼 어두운 구치소에 있다 밖으로 나오니 햇살이 눈부셨다. 덜컹이는 쇠사슬에 묶인 죄수가 되지 않았다면 햇살이 이렇게 달콤한지 알지 못했으리라. 그리고 앞으로 30일간은 보지 못할, 마지막 햇살이었다. 나이아가라폴스 거리를 따라 기차역으로 이동하는 동안 호기심 어린 행인들의 시선을 받았다. 특히 길가 호텔 베란다에 있던 여행객 일행들이 관심을 보였다.

쇠사슬이 심하게 늘어져 있어서 기차 흡연석에 앉으려면 엄청 삐걱대고 덜컹거렸다. 나와 내 선조에게 행해진 불법 행위에 분노가 끓어오르고 있었지만 거기에 이성을 잃기에 나는 지나치게 현실적이었다. 이 모두가 나에게는 생소했다. 짐작도 할 수 없는 30일이 내 앞에 있었다. 정보를 줄 만한 사람이 있나 주위를 둘러보았다. 백 명쯤 있는 소규모의 구치소가 아니라 2천 명이 10일부터 10년까지를 보내는 대규모의 정식 교도소로 간다는 것은 이미 나도 알고 있었다.

내 뒷자리에 체격이 큰 근육질 남자가 사슬에 묶여 웅크리고 앉아 있었다. 서른다섯에서 마흔 살 사이로 보였다.

나는 그를 살펴보았다. 눈꼬리에 웃음과 유머 감각, 부드러움이 묻어 있었다. 눈꼬리를 빼고는 전혀 도덕과 상관없는 거친 짐승 같았다. 과장된 난폭함과 분노를 가진 거친 짐승. 여지가 있어 보이고 다가가도 괜찮겠다고 생각이 든 건 그의 눈꼬리 때문이었다. 유머 감각과 웃음, 그리고 흥분한 상태만 아니라면 동물이 보여주는 충직함.

그가 내 '먹이'였다. 나는 그를 '찍었다.' 나와 수갑 짝인 키 큰 흑인이 체포되어 찾지도 못한 세탁물 얘기에 낄낄대며 한탄을 하고 있는 동안 기차는 버펄로를 향해 달리고 있었다. 나는 뒷자리 남자에게 말을 걸었다. 그는 빈 담뱃대를 가지고 있었고 나는 내 소중한 담뱃잎으로 그걸 채워줄 수 있었다. 그 담뱃대를 채운 양이면 궐련 열두 개비는 말 수 있었다. 그와 얘기를 할수록 내 먹이라는 것이 확실해졌다. 내 담배를 모두 그와 나눠 피웠다.

다행히도 나는 어디서든 적응하는 유동 생물체처럼 인생에 아주 친화적인 사람이었다. 그에게 나를 맞췄다. 그 결과는 내 상상을 뛰어넘을 만큼 대단히 성공적이었다. 그는 지금 우리가 가는 교도소에 있었던 적은 없지만 다른 여러 감옥에 '1년', '2년' '5년'씩 있었다. 그는 아는 게 아주 많았다. 우리는 멋진 단짝이 되었다. 그리고 그가 내게 자신이 말하는 대로만 하라고 조언을 했을 때는 가슴이 뛰었다. 그는 나를 '잭'이라고 불렀고 나도 그를 '잭'이라고 불렀다.

열차가 버펄로에서 대략 5마일쯤 떨어진 역에 서자 사슬에 묶인 우리 죄수들은 모두 내렸다. 역 이름은 정확히 기억나지 않지만 록클린, 록우드, 블랙록, 록캐슬 아니면 뉴캐슬, 이런 이름 중의 하나였다. 그 이름이 무엇이든 우리는 짧은 거리를 걸어 전차를 탔다. 양쪽으로 일렬로 좌석이 있는 구식 전차였다. 좌석에 앉아 있던 승객들은 한쪽으로 옮겨달라는 부탁을 받았고, 우리는 사슬을 철컹거리며 그 자리에 앉았다. 승객과 마주 보고 앉았던 게 기억나고 우리를 살인자나 은행강도로 확신한 부인들의 충격적인 표정이 기억난다. 나는 험악하게 보이려 노력했으나 내 수갑 짝인 명랑한 흑인 놈은 계속 웃으며 눈을 굴렸고, "오 주여! 주여!"만 반복했다.

우리는 전차에서 내려 좀 걷다가 이리 카운티 교도소 사무실로 인도되었다. 여기서 수속이 이루어졌다. 죄수 명단에서 내 두 이름 중 하나는 찾을 수 있을 것이다. 또 돈, 담배, 성냥, 주머니칼 등 귀중품을 모두 사무실에 두고 가라는 지시를 받았다.

내 새로운 단짝이 나를 보며 고개를 저었다.

"소지품들을 여기서 제출하지 않으면, 안에서 모두 압수할 거야." 교도관이 경고했다.

내 친구는 계속 고개를 저으며 다른 죄수 뒤에 숨어서 손을 움직이느라 분주했다. (우리 수갑은 풀린 상태였다.) 나는 그가 하는 대로 가지고 들어가야 할 것들을 손수건에 모두 싸서 한 묶음으로 꾸렸다. 그리고 우리는 이 꾸러미를 셔츠 안으로 밀어 넣었다. 동료 죄수들도 갖고 있던 시계 같은 한두 개를 제외하고는 소지품을 사무실 관리에게 넘겨주지 않았다. 그들은 운을 바라며 밀반입하기로 결정했다. 하지만 그들은 내 친구처럼 물건들을 한 꾸러미로 묶을 정도로 교활하지는 않았다.

우리를 데려왔던 경관들이 수갑과 사슬을 챙겨 나이아가라폴스로 떠났고 우리는 새로운 경관들의 인도 아래 감옥으로 갔다. 사무실에 있는 동안 새로 도착한 죄수 무리까지 합쳐져 우리는 이제 사오십 명에 달하는 위협적인 행렬이 되었다.

수감된 적이 없는 사람들도 중세에 무역이 금지된 것처럼 감옥 안에서 거래가 금지된다는 것을 알 것이다. 일단 교도소 안에서는 마음대로 움직일 수 없다. 몇 발자국만 옮겨도 항상 잠겨 있는 커다란 철문과 마주하게 된다. 우리는 이발소로 인도되었고 잠긴 문을 여느라 시간이 걸렸다. 그 동안 첫 번째 '홀'에서 대기했는데 여기서 '홀'이란 복도가 아니다. 6층 높이로 층마다 50개의 방들이 줄지어 있는 직사각형 육면체를 상상해보라. 거대한 벌집 같은 육면체를 생각하면 된다. 이 거대한 육면체를 땅에 내려놓고 지붕을 얹고 벽으로 사방을 둘렀다. 이리 카운티 교도소에서는 이런 구조물의 육면체가 하나의 '홀'로 불린다. 층마다 끝에서 끝까지 쇠 난간이 달린 좁은 복도가 있고 홀의 끝에서는 모든 복도가 한눈에 들어온다. 복도의 양 끝에는 화재 대피용 철 계단이 연결되어 있다.

우리는 첫 번째 홀에서 대기하며 교도관들이 문을 열어주길 기다렸다. 여기저기서 머리를 짧게 깎고 깨끗이 면도한 죄수들이 줄무늬 옷을 입고 돌아다녔다. 3층 복도에 있는 죄수 하나가 눈에 띄었다. 그는 복도에 서서 난간에 팔을 얹고 앞으로 몸을 내밀고 있었다. 전혀 우리를 의식하지 않고 허공을 응시하고 있는 것처럼 보였다. 내 친구가 작게 쉿 소리를 내자 아래를 내려다보았다. 둘은 몸짓으로 신호를 주고받았다. 그러자 내 친구의 손수건 꾸러미가 공중으로 던져지고 죄수가 이를 받았다. 죄수는 번개처럼 꾸러미를 셔츠 안으로 넣고는 다시 허공을 응시했다. 친구가 나에게 그대로 하라고 했다. 경비가 몸을 돌린 틈을 타 내 꾸러미도 죄수의 셔츠 안으로 들어갔다.

1분 후 문이 열렸고, 우리는 이발소로 줄지어 들어갔다. 여기도 죄수복을 입은 이들이 더 있었다. 그들이 감옥 이발사들이었다. 그리고 욕조, 뜨거운 물, 비누, 목욕 솔도 있었다. 옷을 벗고 씻으라는 지시가 떨어졌다. 옆 사람과 서로 등을 밀어주라고 했다. 감옥 안에 벌레들이 득실대고 있기 때문에 이 강제 목욕은 아무 소용도 없는 조치였다. 목욕을 마치자 캔버스 천으로 된 옷가방이 하나씩 주어졌다.

“옷을 모두 가방에 넣어.” 교도관이 말했다. “숨겨 들어가지 않는 게 좋을걸. 발가벗겨 일렬로 세워 검사할 테니. 30일 이하는 신발과 멜빵은 소지하고 30일 이상은 아무것도 안 돼.”

지시에 모두 당황했다. 어떻게 발가벗고 조사를 받으면서 뭔가를 숨겨 들어갈 수 있겠는가? 내 친구와 나만 살았다. 하지만 바로 여기서 죄수 이발사들에게 부업이 생긴다. 그들은 가엾은 신참자들 사이를 돌아다니며 친절하게도 그들의 소중한 소지품들을 기꺼이 맡았다가 나갈 때 돌려주겠다고 약속했다. 그들 얘기에 의하면 그들은 박애주의자들이다. 수사 리포 리피*가 당했던 것처럼 바로 털린다. 성냥, 담배, 고급 담배 말이 종이, 파이프, 칼, 돈 모두 이발사들의 넉넉한 셔츠 속으로 들어간다. 이발사들의 주머니는 전리품들로 두둑해지고 교도관은 못 본 척한다. 쉽게 말하면 어떤 물건도 다시 돌려주지 않는다. 이발사들은 맡은 물건을 애초에 돌려줄 생각이 없을 뿐 아니라 너무도 당연히 자신들의 것이라 여긴다. 이것이 이발소 부업이다. 감옥 안에는 많은 부업이 있다. 배운 대로 나 역시 부업을 얻었다. 나의 새 친구 덕이다.

이발소에는 몇 개의 의자가 있고 이발사들은 엄청 빠르게 일한다. 내가 봤던 중에 최고로 빠르게 이발과 면도가 끝났다. 죄수들이 직접 거품을 내면 이발사들은 1분에 한 명씩 면도를 끝낸다. 이발은 조금 더 시간이 걸렸다. 3분 이내에 열여덟 살 얼굴의 솜털이 싹 벗겨졌고 삐죽삐죽 솟은 머리가 당구공처럼 매끄러워졌다. 옷이나 다른 모든 소지품처럼 구레나룻, 수염도 모두 사라졌다. 그들이 다듬자 우리는 악랄한 악당이 되었다. 그전까지는 우리가 그런 나쁜 놈인지 모르고 있었다. 소한테 실습이라도 하는 것처럼 구

---

* 로버트 브라우닝의 시 <수사 리포 리피>에 나오는 화자로 종교의 위선적인 면을 폭로했다.

는 젊은 의과대학생이 이발사들이 면도하는 것보다 네 배는 빠르게 예방 주사를 놓았다. 팔을 문지르지 말고 피가 말라서 딱지가 생기게 두라는 마지막 지시를 받고 우리는 감방으로 보내졌다. 친구와 떨어지기 전에 그가 재빨리 내게 속삭였다. “빨아내.”

감방 안에 들어가자마자 팔을 깨끗이 빨아댔다. 그 후에 빨아내지 않아서 내 주먹 하나는 들어갈 만큼 팔에 끔찍한 구멍이 생긴 사람도 보았다. 자기들 잘못이다. 빨아낼 수 있었으니 말이다.

내 감방에는 한 사람이 더 있었다. 감방 동료였다. 그는 젊고 남자답고 수다스럽지 않았으며 아주 능력이 있는 친구였다. 하루 종일 기차를 타도 한번 만날까 말까 한 멋진 친구였다. 오하이오 교도소에서 2년을 복역하고 최근에 나왔지만 말이다.

30분쯤 지나자 한 죄수가 복도를 어슬렁거리다 감방 안을 들여다보았다. 그도 우리 동료였다. 그는 홀을 자유롭게 움직였다. 아침 6시에 풀려나 밤 9시에야 다시 감방으로 돌아온다. 그는 홀에서 교도관과 함께 일하고 전문적으로는 사동도우미로 불리는 선별된 모범수이다. 그를 뽑은 사람 또한 모범수이고 제1반장이다. 홀에는 열세 명의 사동도우미가 있고 이 중 열 명이 각 감방 복도를 맡고 있다. 그들 위로 제1, 제2, 제3반장이 있다.

우리 신참들은 그날은 감방 안에 있어야 했다. 내 단짝이 예방 접종 효과를 위해서라고 나에게 알려주었다. 그리고 다음 날 아침부터 교도소 작업장에서 중노동을 하게 될 거라고 했다.

"하지만 가능한 빨리 자네를 그 일에서 빼주지." 그가 약속했다. "사동도우미 하나를 자르고 자네를 그 자리에 넣어주지."

그는 손을 자신의 셔츠 안에 넣어서 내 귀중한 소지품이 담긴 손수건 꾸러미를 꺼내 철창 사이로 내게 건넸다. 그리고 복도를 따라 내려갔다.

나는 꾸러미를 열었다. 모두 그대로 있었다. 성냥 하나도 잃어버리지 않았다. 나는 만 담배를 감방 동료에게 나눠주었다. 내가 성냥을 켜려 하자 그가 말렸다. 침대 위에 얇고 더러운 이불이 깔려 있었다. 그는 이 얇은 천을 가늘게 찢고 단단히 말아 길고 가는 심지를 만들었다. 그리고 여기에 그 귀중한 성냥불을 붙였다. 단단히 말린 면 심지는 불꽃도 없이 끝에서부터 서서히 타들어 갔다. 몇 시간은 갈 것이고 내 감방 동료는 이걸 '불쏘시개'라고 불렀다. 심지가 거의 다 타면 새로운 불쏘시개를 만들면 되었다. 다 탄 심지 끝에 대고 바람을 불면 불을 옮길 수 있다. 우리는 불 보관법에 관해서 프로메테우스를 가르칠 수도 있을 정도였다.

12시에 점심이 왔다. 감방문 아래에 닭장 입구만 한 작은 구멍이 있었다. 이 구멍으로 마른 빵 두 덩이와 '수프'라는 접시 두 개가 들어왔다. 수프라는 것은 뜨거운 물 1리터에 단지 기름 한 방울만 떠다니는 것이었다. 물론 소금을 조금 타긴 했다.

우리는 수프는 마시고 빵은 먹지 않았다. 배가 고프지 않아서도 아니었고 먹지 못할 빵이라서도 아니었다. 꽤 괜찮은 빵이었다. 하지만 그래야 할 이유가 있었다. 감방 동료가 감방 안에 빈대가 있는 걸 발견했다. 벽돌 사이 모르타르가 떨어져 나간 틈새를 영토로 우글대고 있었다. 감방의 원주민들이 낮에도 영토에서 기어 나와 수백 마리씩 벽과 천장에 떼 지어 있었다. 동료는 그 짐승들의 방식에 대해 해박했다. 롤런드 공자*처럼 용감하게 나팔을 불며 나아갔다. 그런 전투는 처음이었다. 몇 시간이나 걸렸다. 도살장 같았다. 그리고 마지막 생존자들이 벽돌과 모르타르 사이

---

* 로버트 브라우닝의 시 <롤런드 공자 암흑의 탑에 이르다>에 나오는 화자.

로 달아났을 때도 전투는 아직 끝나지 않았다. 우리는 입안 가득 빵을 씹어 끈적이는 반죽으로 만들었다. 그리고 교전 중인 패잔병들이 벽돌 틈새로 도망치자 씹은 빵을 발라 가둬버렸다. 우리는 어두워질 때까지 고군분투했고 모든 구멍, 구석, 틈새를 다 막아버렸다. 그리고 이 빵 반죽 성벽 뒤에서 발생할 기아와 동족상잔의 비극을 생각하며 몸서리를 쳤다.

우리는 지치고 배가 고파 침대에 털썩 누워 식사를 기다렸다. 하루치 일은 충분히 다 한 듯싶다. 적어도 앞으로 몇 주간은 벌레 주민들에게 괴롭힘을 당하지는 않을 것이다. 식사를 거르고 위장을 희생해 은신처를 지켰다. 뿌듯했다. 하지만 아, 허무한 인생이여! 이 대작업을 마치기 무섭게 교도관이 감방문을 열었다. 죄수들이 재배치되어 우리는 2층 더 위에 있는 다른 감방으로 옮겨졌다.

다음 날 아침 일찍, 우리 감방문이 열렸다. 수백 명의 죄수들이 아래로 내려와 일렬종대로 섰다. 그리고 일을 하기 위해 교도소 작업장으로 향했다. 이리 카운티 교도소의 뒷마당 바로 옆에는 운하가 흐른다. 우리가 해야 할 일은 운하의 선박에서 짐을 내려 철도의 침목처럼 생긴 거대한 스테이 볼트를 어깨에 메고 감옥으로 옮기는 것이었다. 일하면서 나는 상황을 살피며 도망칠 기회를 노렸다. 하지만 전혀 그럴 만한 기회도 보이지 않았다. 담장 꼭대기에서 소총으로 무장한 경비들이 오갔고 감시탑에는 기관총도 있다고 했다.

걱정하지 않았다. 30일은 그렇게 긴 시간은 아니었다. 30일간 여기 있으면서 필요한 자료나 모아야겠다. 여기를 나갔을 때 정의를 파괴하는 괴물들에게 사용할 자료를 말이다. 미국 청년이 그의 권리와 특권이 짓밟혔을 때 어떻게 하는지 보여줘야겠다. 나는 배심원들에게 재판을 받을 권리를 박탈당했고 유죄인지 무죄인지 진술할 권리도 거부당했다. 심지어 재판조차 받지 못했다(나이아가라폴스에서 내가 받았던 것은 재판이라고 할 수 없다). 변호사 아니 누구와도 접견하지 못했고, 구속적부심사를 청구할 권리도 거부당했다. 면도를 당하고 머리는 짧게 깎였으며 줄무늬 죄수복이 입혀졌다. 빵과 물로 연명하며 중노동을 강요당했고 무장한 경비들의 감시 아래 치욕스럽게 일렬로 행진해야 했다. 내가 뭘 했단 말인가? 내가 나이아가라폴스의 선량한 시민들에게 무슨 짓을 저질렀기에 이런 모든 보복을 당해야만 하는가? 나는 그들의 '노숙' 규정을 어기지 않았다. 나는 그날 밤 그들의 관할 밖에 있는 교외에서 잠을 청했고 거리에서 음식을 구걸하거나 '잔돈푼'을 얻겠다고 남의 집 문을 두들겨대지 않았다. 나는 그저 도로를 따라 걸어 다니다 대단할 것도 없는 폭포나 보았을 뿐이다. 그게 무슨 죄인가? 법적으로 나는 어떤 경범죄도 저지르지 않았다. 좋다. 나가기만 하면 그들에게 제대로 보여주겠다.

다음 날 한 교도관에게 변호사를 불러달라고 했다. 교도관이 코웃음을 쳤다. 다른 교도관들도 똑같았다. 나는 바깥세상으로부터 완전히 고립되어 있었다. 밖으로 편지를 보내려 했으나 감옥 관계자들이 모든 편지를 검열한 뒤 문책하거나 압수한다는 것을 알게 되었다. 그리고 단기수는 편지를 쓸 수조차 없었다. 시간이 조금 지나서는 출소하는 사람에게 편지를 부탁하기도 했으나 그들 역시 수색을 당해 편지가 발견되면 없애버린다는 것을 알게 되었다. 모두 내가 나가기만 하면 폭로할 부패 사례들이다.

하지만 감옥 생활을 하다 보니(다음 장에서 설명하겠다), 나는 '몇 가지'를 배우게 되었다. 경찰과 즉결 재판소, 그리고 법관들에 대한 얘기를 들었는데 믿을 수 없을 만큼 기괴한 이야기들이었다. 대도시의 경찰에게 당한 죄수들의 개인적인 경험들은 무시무시했다. 그리고 그들이 해준 얘기 중에 경찰 손에 죽어서 증언할 수 없게 된 사람 얘기는 더 끔찍했다. 몇 년 후에 렉소 위원회* 보고서를 읽어보니 진짜 사건은 그들이 해준 이야기보다 더 끔찍했다. 당시 감옥살이 신참 때는 그들이 해준 이야기를 농담으로 넘겼다.

하지만 시간이 지나자 믿게 되었다. 감옥 안에서 믿기지 않는 기괴한 일들을 내 눈으로 직접 보게 되었기 때문이었다. 그 이야기들이 사실이었음을 확신하게 될수록 법의 사냥견들과 범죄를 처벌하는 제도 전체에 관해 위압감이 더 커져 갔다.

분노는 점점 약해지고 존재 깊이 공포가 밀려왔다. 이제야 내가 무엇을 상대하고 있는지 명확해졌다. 나는 온순하고 겸손해졌고, 나가더라도 조용히 있겠다는 쪽으로 하루하루 변해갔다. 출소하면 이런 일들로부터 최대한 멀리 떨어지는 게 내가 바라는 전부였다. 그리고 출소하고 정말 그랬다. 나는 입을 다물고 조용히 펜실베이니아를 살짝 빠져나왔다. 더 현명하고 겸손한 사람이 되었다.

---

* 경찰 부패를 대대적으로 조사한 뉴욕 상원위원회

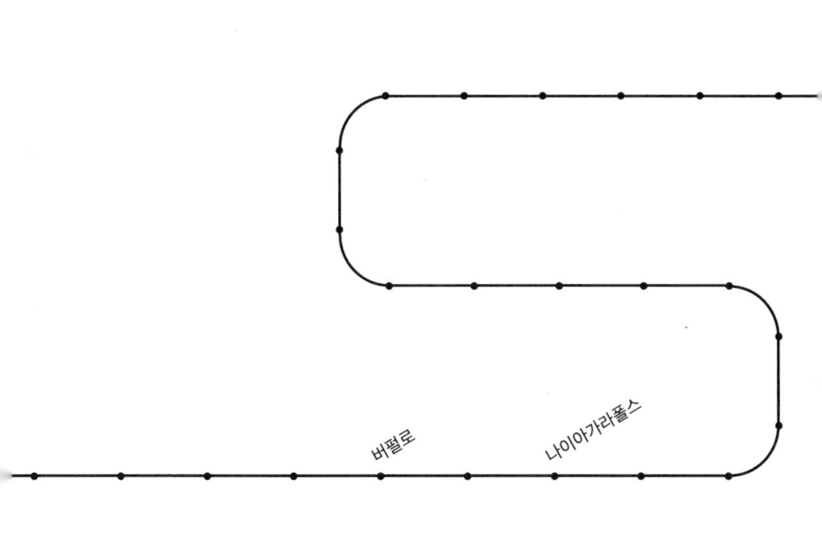
버펄로
나이아가라폴스

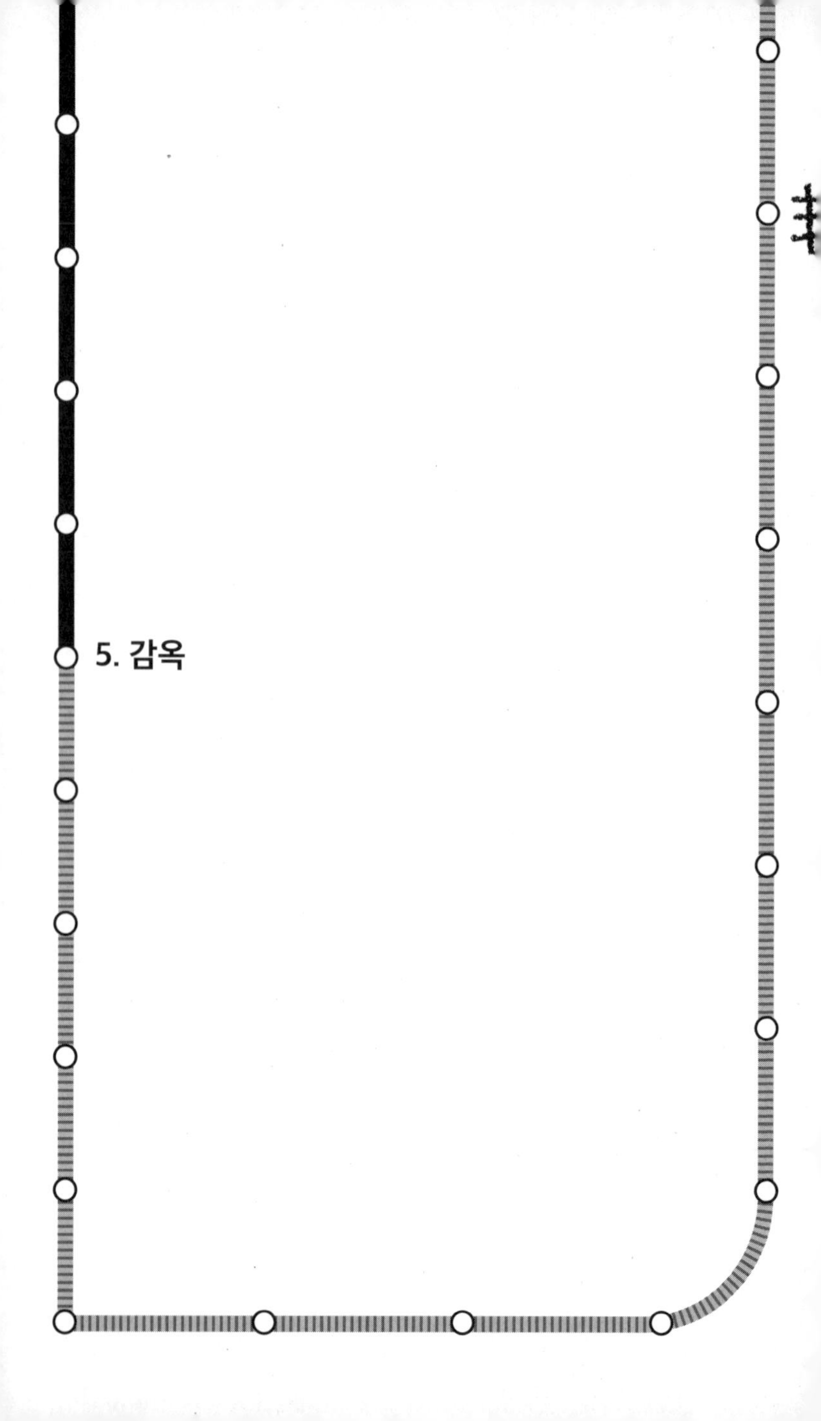
5. 감옥

이틀 동안 감옥 작업장에서 힘들게 일했다. 완전히 중노동이었고 기회가 있을 때마다 꾀병을 부렸는데도 완전히 뻗어버렸다. 음식 탓이다. 어떤 사람도 그런 음식을 먹고 그렇게 힘든 일을 할 수는 없다. 우리가 받은 것은 빵과 물이다였다. 일주일에 한 번은 고기가 나오기로 되어 있었지만 매번 바뀌었다. 그리고 수프를 만드는 데 모든 영양분이 빠져나간 고기여서 사실 일주일에 한 번씩 고기를 먹느냐 아니냐는 별문제도 아니었다.

게다가 이 물과 빵의 식단에는 치명적인 결점이 있었다. 물은 충분하게 나왔지만 빵은 충분하지 못했다. 배급된 빵 크기는 두 주먹만 했고 죄수당 하루에 세 번 나왔다. 물에 대해서는 한 가지는 좋았다. 뜨겁다는 것이었다. 아침에는 '커피'라 불렸고 점심에는 '수프' 대접을 받았고 저녁에는 '차'인 척했다. 하지만 항상 똑같은 물이었다. 죄수들은 그 물을 '마법의 물'이라고 불렀다. 아침에 물이 까만 것은 탄 빵 부스러기와 같이 끓였기 때문이다. 점심에는 소금과 기름 한 방울이 들어가서 색이 연해졌다. 밤에 물이 붉은빛을 띤 갈색인 이유는 아무리 추측해봐도 모르겠다. 차로서는 끔찍했지만 뜨거운 물로서는 그만이었다. 장기수들은 모두 홀 1층에 있었기 때문에 더 실속 있는 음식을 얻을 수 있었다. 모범수가 되어 음식을 배급할 때 나도 그들의 음식을 빼돌리곤 했다. 인간은 빵만으로, 더욱이 양도 충분하지 않은 빵만으로는 살 수 없다.

내 친구가 선물을 주었다. 작업장에서 이틀을 일한 뒤에 감방에서 벗어나 모범수, 즉 사동도우미가 되었다. 아침 저녁으로 감방 안의 죄수들에게 빵을 배급했고 낮 12시에는 다른 방식으로 빵을 나눠주었다. 일을 마친 죄수들이 길게 일렬로 늘어서서 들어온다. 홀에 들어서면 일렬종대가 해체되고 앞 사람의 어깨에서 손을 내린다. 문 바로 안쪽에 빵 쟁반이 쌓여 있고 제1반장과 나를 포함해 두 명의 담당 사동도우미가 서 있다. 우리의 일은 죄수들의 줄이 지나가는 동안 빵 쟁반을 들고 서 있는 것이었다. 내가 든 쟁반이 비워지면 다른 도우미가 빵으로 가득 찬 쟁반을 들고 교대한다. 그의 쟁반이 비워지면 내가 가득 찬 빵 쟁반을 들고 교대한다. 이렇게 줄이 천천히 움직이면서 죄수들은 오른손을 뻗어 우리가 내민 쟁반에서 자신의 몫인 빵을 집는다.

제1반장의 일은 우리와 달랐다. 그는 곤봉을 사용했다. 쟁반 옆에 지키고 서 있었다. 굶주린 악당들은 언젠가 쟁반에서 2인분의 빵을 집겠다는 망상을 절대 버리지 않았지만 내 경험으로 그 언젠가는 절대 오지 않았다. 제1반장의 곤봉은 호랑이가 발톱으로 할퀴는 것처럼 감히 그런 야심을 품은 손을 번개처럼 내리쳤다. 반장은 거리 조준이 정확했다. 곤봉으로 수도 없이 손을 내리쳤고 빗나간 적이 없었다. 반장은 정해진 몫을 어긴 죄수에겐 원래 그의 몫마저 빼앗아 감방에서 뜨거운 물로 끼니를 때우게 했다.

그리고 죄수들이 감방 안에서 배곯고 누워 있는 동안에도 도우미의 방에는 빵이 백여 개는 넘게 숨겨져 있었다. 우리가 빵을 이렇게 보유하고 있는 것이 부조리하다고 볼 수도 있을 것이다. 하지만 이는 단지 부정 이득의 한 사례일 뿐이다. 우리는 감옥 안의 경제 전문가이고 문명사회의 경제 전문가와 아주 유사한 속임수를 썼다. 우리는 주민들의 식량 공급을 통제했고 바깥세상의 동료 도둑들처럼 사람들에게 바가지를 씌웠다. 우리는 빵을 밀매했다. 작업장에서 일하는 사람에게는 일주일 한 번씩 5센트짜리 씹는 담배 한 갑이 지급된다. 씹는 담배가 이 왕국의 화폐이다. 한 갑당 두서너 인분의 빵으로 교환된다. 죄수들이 담배를 덜 원해서가 아니라 빵을 더 원했기 때문에 이를 교환했다. 아이한테 사탕을 빼앗는 것과 다를 게 없다는 건 나도 안다. 하지만 당신이라면 어떻게 했겠는가? 우리는 살아야 했고 창의력과 기업가 정신에 대한 약간의 보상은 있어야 한다. 거기다 우리는 바깥세상의 더 뛰어난 이들을 따라 했을 뿐이고 그들은 상인, 은행인, 기업가라는 점잖은 가면을 쓰고 정확히 우리가 했던 일을 더 큰 규모로 한다. 우리가 없었다면 이 불쌍한 죄수들에게 무슨 끔찍한 일이 생겼을지 상상할 수도 없다. 우리는 이리 카운티 교도소에서 빵을 유통했고 담배를 포기한 불쌍한 죄수들에게 검소함과 절약 정신을 장려했다. 우리가 모범이 되었다. 죄수들의 마음에 우리처럼 되면 이득을 취할 수 있다는 야망을 심어주었다. 조직의 구세주, 우리가 그랬다.

담배가 없어 굶주리는 사람이 있다면 그는 혼자 담배를 다 피워버린 낭비가 심한 사람이다. 좋다. 그래도 바지 멜빵이 있을 것이다. 나는 멜빵을 6인분의 빵과 바꿔주었다. 멜빵의 상태가 좋으면 12인분까지도 쳐줬다. 나는 멜빵을 전혀 사용하지 않지만 그건 중요하지 않다. 1층 끝 방에 살인으로 10년을 받은 장기수가 있었는데 그는 멜빵을 했고 멜빵을 원했다. 나는 멜빵을 그의 고기와 교환할 수 있었고 내가 원하는 건 고기였다. 아니면 누가 너덜너덜한 소설책 한 권을 가지고 있을 수 있다. 그럼 보물 발견이다. 나는 소설도 읽고 제빵사와 빵으로 바꾸거나 요리사와 고기나 야채로 바꿀 수도 있다. 소방수와 꽤 괜찮은 커피로, 또는 누군가와 어떻게 들어오는지는 모르지만 때때로 들어오는 신문으로 바꿀 수 있다. 요리사, 제빵사, 소방수도 나처럼 죄수였고 우리 위층 감방에 살았다.

예컨대 이리 카운티 교도소에는 아주 발달된 교역 체계가 성립되어 있었다. 돈도 유통되고 있었다. 돈은 단기수들이 밀반입하는 경우도 있었지만 신참들에게 뜯어낸 이발소의 부당 이득인 경우가 더 많았다. 하지만 대부분은 감방의 장기수들한테 흘러나왔다. 그들이 어떻게 돈을 갖게 되었는지는 나도 모르겠다.

제1반장은 그의 대단한 자리 덕에 아주 부자라는 소문이 돌았다. 갖가지 부당 이득에 더해 우리에게도 뜯어냈다. 우리는 소작농이었고 제1반장은 우리에게 세를 걷는 징수인이었다. 그의 허락이 있어야 우리는 이득을 얻을 수 있었고 허락에는 수수료가 들었다. 부자라는 소문은 돌았지만 그의 돈을 본 적은 없다. 그는 고독한 위엄을 지키며 독방을 쓰고 있었다.

그러나 나는 그가 돈을 감옥에서 모았다는 결정적인 증거를 잡았다. 한동안 제3반장과 같은 방을 쓰고 있었기 때문이다. 그는 16달러 넘게 가지고 있었다. 감방문이 잠기는 밤 9시가 되면 자신의 돈을 세곤 했다. 또 다른 사동도우미들에게 얘기하면 나를 가만두지 않겠다고 매일 밤 반복해 말했다. 그는 도둑맞을까 봐 걱정하고 있었는데 세 가지 위험 요소가 있었다. 우선 교도관이 있었다. 짝을 이룬 교도관이 그를 덮쳐 반항했다고 주장하며 흠씬 때려 '독방'(지하 감옥)에 보내버릴 수 있다. 그 와중에 16달러는 흔적도 없이 사라질 수 있다. 또 제1반장이 그를 해고해 작업장 중노동으로 되돌려 보내겠다고 협박해서 뺏을 수 있다. 끝으로 평범한 사동도우미인 우리 열 명이 있었다. 그가 부자라는 낌새라도 채면, 어느 적당한 날 우리 전체가 달려들어 그를 구석에 몰아넣고 샅샅이 뒤질 위험도 컸다. 아, 정말이지 우리는 늑대들이었다. 월가에서 사업을 하는 놈들처럼 말이다.

그가 우리를 두려워하는 것은 당연했지만 나도 역시 그가 두려웠다. 그는 몸집이 거대하고 무식한 짐승 같은 놈이었다. 체서피크만의 굴 도둑이었고 싱싱 교도소에서 5년이나 있었던 '전과자'로 모든 면에서 우둔한 육식 동물이었다. 그는 우리 동 안으로 날아 들어온 참새를 잡으려 덫을 놓곤 했다. 새를 잡으면 자신의 감방으로 달려갔다. 나는 그가 산 채로 새를 입에 넣어 뼈째 씹어 깃털을 뱉어내는 것을 보았다. 아, 아니 나는 절대 그의 비밀을 다른 도우미들에게 폭로한 적이 없다. 내가 그의 16달러에 대해 언급한 것은 이번이 처음이다.

그러나 나는 같은 식으로 그에게 돈을 뜯기는 했다. 그는 여자 동에 갇힌 여죄수를 사랑하고 있었다. 그는 읽지도 쓰지도 못해서 내가 대신 여자의 편지를 읽어주고 답장을 해주곤 했다. 돈을 받긴 했지만 아주 잘 쓴 편지들이었다. 나는 아주 몰입해서 최선을 다했다. 게다가 그녀는 편지를 읽고 사랑에 빠졌다. 물론 그녀가 사랑하게 된 것은 그가 아니라 나의 변변찮은 글이었겠지만 말이다. 다시 말하지만 아주 감동적인 편지였다.

우리의 또 다른 수입 중 하나는 '심지 대주기'였다. 우리는 빗장과 창살이라는 철의 제국에 불을 가져다주는 신의 사자였다. 밤에 일을 마치고 돌아와 감방에 갇히면 담배를 피우고 싶다. 불을 붙인 심지를 들고 감방에서 감방으로 복도를 뛰어다니며 신성한 불씨를 되살려 내는 것이 우리였다. 현명한 이들, 우리와 거래를 하는 이들은 불을 붙일 수 있는 심지를 가질 수 있다. 하지만 모두가 이 신성한 불씨를 얻을 수 있는 건 아니다. 낮에 노동하지 못한 죄수는 불씨도 연기도 없이 자야 했다. 우리가 무슨 상관이랴? 그 역시 영원히 우리의 손아귀에 놓여 있고 그가 나아지면 우리 두서넛이 그에게 맞춰 '무엇이든' 가져다줄 수 있다.

이것이 교도소 도우미들의 노동 이론이다. 우리는 열셋이고 우리 동에 있는 5백 명의 죄수들처럼 무언가를 했다. 우리 역시 노동을 하고 감옥 안의 질서를 유지하는 일을 한다고 할 수 있다. 교도관들은 질서 유지라는 자신들의 직무를 우리에게 넘겼다. 이제 질서 유지는 우리의 몫이었다. 해내지 못하면 우리는 해고되어 다시 중노동을 해야 한다. 그렇게 되면 마치 지하 감옥에 던져지는 기분이다. 우리가 질서 유지를 하는 동안은 사적인 이득을 얻는 일도 할 수 있다.

잠깐만 이 문제를 들여다보자. 5백 명의 짐승들 위에 열세 명의 짐승이 있다. 감옥이란 생지옥이고 거기를 관리하는 것은 우리 열세 명의 몫이다. 짐승들의 본성을 고려하면 우리가 상냥하게 그들을 통제할 수는 없는 일이다. 우리는 공포로 다스린다. 당연히 우리 뒤에는 교도관들이 있다. 우리는 비상시에만 교도관들에게 도움을 청한다. 너무 자주 도움을 청하면 그들이 귀찮아할 것이다. 그러면 그들은 우리를 대신할 모범수들을 구하는 게 낫겠다는 생각을 할 수도 있다. 그래서 그들을 자주 부르지는 않지만 아주 예외적인 경우가 있다. 다루기 힘든 죄수를 처넣기 위해 감방문을 열어달라고 할 때이다. 그러면 그들은 모두 문만 열어주고 사라진다. 감방 안에서 도우미들이 떼를 지어 죄수를 손봐주는 걸 모른 척하기 위해서였다.

이 손봐주는 것에 관해서는 아무런 얘기도 하지 않겠다. 무엇보다 죄수 폭행은 이리 교도소에서 흔히 있었던, 차마 입에 담을 수도 없는 잔혹 행위 중 하나일 뿐이다. 나는 '입에 담을 수도 없는'이라고 했는데 엄격히 말하면 '생각할 수도 없는' 일이라고 해야 할 것이다. 내가 세상 돌아가는 방식을 전혀 모르는 풋내기도 아니고 타락한 인간들의 끔찍한 심연에 대해 전혀 모르는 것도 아니었지만 직접 보기 전까지는 내가 생각조차 할 수 없던 일이었다. 이리 카운티 교도소의 심연에 닿으려면 더 깊이 낚싯대를 드리워야 하지만 내가 거기서 본 것들의 표면만 가볍고 익살맞게 훑어보겠다.

죄수들이 아침에 씻으러 나오면 우리 열셋은 따로 떨어져 그들 사이에 있게 된다. 5백 대 열셋이지만 우리는 공포로 이들을 통제했다. 조금이라도 규칙을 어기거나 건방지게 굴면 가만두지 않는다. 그렇지 않으면 우리는 끝이다. 죄수가 입을 열자마자 때리는 것이 우리만의 방식이다. 무엇이든 집어 들고 거칠게 때리는 것. 빗자루 손잡이를 끝으로 해서 얼굴을 맞으면 정신이 번쩍 든다. 그걸로 끝나지 않는다. 그는 본보기가 되어야 한다. 다음 수순은 바로 덤벼들어 추가 매질을 하는 것이다. 당연히 근처에 있던 도우미들은 모두 달려와 이 체벌에 합류해야 한다. 그것이 법칙이기 때문이다. 어떤 도우미가 죄수와 문제가 생기면 주위에 있던 다른 도우미들이 같이 달려들어 주먹질을 해야 한다. 상황을 따지지 않고 뛰어들어 아무 도구나 집어 들고 때린다. 결국 죄수는 완전히 뻗어버린다.

스물쯤 된 젊고 잘생긴 혼혈아가 기억난다. 그는 자신의 권리를 지키겠다는 미친 생각을 떠올렸다. 그는 물론 권리를 가졌지만 그건 아무런 도움이 되지 않았다. 그는 맨 위층에 살고 있었다. 여덟 명의 사동도우미들이 1분 30초만에 그의 과대망상을 치료해주었다. 1분 30초는 그가 복도 끝까지 몰려 다섯 개 층의 철 계단을 굴러떨어지기까지의 시간이다. 그는 그 거리를 발을 제외한 몸의 모든 부위를 써서 내려왔고, 그동안 여덟 명의 도우미들은 놀고 있지 않았다. 그는 1층 바닥에 떨어졌고 나는 거기서 모두 보고 있었다. 그는 처음으로 발을 사용해 잠시 몸을 일으켰다. 그리고 양팔을 벌리고 공포와 고통, 슬픔에 찬 무시무시한 비명을 질렀다. 바로 동시에 장면이 바뀌는 것처럼 질긴 죄수복이 갈가리 찢겨나가 완전 알몸이 되었다. 그리고 몸 전체에서 피가 흘러내렸다. 그는 그대로 쓰러져 정신을 잃었다. 그는 교훈을 얻었고, 그 비명을 들은 감옥 안의 다른 죄수들도 교훈을 얻었다. 1분 30초만에 한 사람이 무너지는 걸 보는 것이 유쾌한 일은 아니다.

이제 우리가 심지를 넘겨주고 수익을 챙기는 사업을 어떻게 꾸려가는지 설명하겠다. 신참 무리가 감방에 배치된다. 심지를 가지고 창살 앞을 지나가면 신참 하나가 "이봐 친구, 불 좀 줘" 하고 부른다. 그럼 바로 그가 담배를 갖고 있다는 걸 알 수 있다. 그럼 그에게 심지를 건네주고 지나간다. 잠시 뒤에 돌아와 아무렇지도 않게 감방 창살에 기대고 "친구, 담배 좀 줄 수 있어?"라고 묻는다. 상황을 이해하지 못했다면 그가 단호하게 담배가 떨어졌다고 주장할 수도 있다. 그래도 좋다. 그를 위로하고 자리를 뜬다. 하지만 그에게 넘겨준 심지가 오늘 하루밖에 안 간다는 걸 우리는 이미 알고 있다. 다음 날 우리가 지나가면 그가 다시 "친구, 불 좀 주게"라고 한다. 그러면 우리는 "담배도 없는데 왜 불이 필요해?" 하고는 심지를 주지 않는다. 30분 또는 두서너 시간 후에 당신이 감방 앞을 지나면 "잠깐만, 친구" 하고 부드러운 어조로 부를 것이다. 그럼 가서 창살 사이로 손을 내밀어 귀중한 담배를 잔뜩 챙겨오면 된다. 그리고 불을 넘겨준다.

하지만 때로는 전혀 부수입을 뜯어낼 수 없는 신참이 들어오기도 한다. 그를 특별 취급해야 한다는 말이 암암리에 떠돌아다닌다. 이런 얘기가 어디서 흘러나왔는지는 절대 알 수 없다. 하나 분명한 것은 그가 '빽'이 있다는 것이다. 그 '빽'이 상급 사동도우미일 수도 있고 감옥 내 다른 담당 교도관일 수도 있다. 아마도 그 윗사람이 특혜에 대한 대가를 지불할 것이다. 하지만 어떤 경우든지 문제를 만들고 싶지 않다면 그를 특별 취급해주는 것이 우리가 할 일이다.

우리는 중간 상인이자 공용 배달부였다. 우리는 각자 다른 곳에 갇힌 죄수들을 상대로 무역을 했다. 물물 교환을 하고, 오가는 물건들에 대한 수수료를 챙겼다. 때로는 물물 교환이 대여섯 다리를 거치기도 했는데 모두 각자의 몫을 챙기거나 어떤 식으로든 자신의 봉사에 대한 대가를 받아냈다. 나는 감옥에 들어올 때 소지품을 밀반입해준 죄수에게 빚을 졌다. 들어온 지 일주일 정도 지난 후에 소방수 하나가 편지를 내게 넘겨주었다. 그는 이발사에게 그 편지를 받았고, 이발사는 내 소지품을 밀반입해준 죄수에게서 받았다. 나는 그에게 빚이 있기에 그 편지를 전달해야 했다. 그 편지는 그의 것도 아니었고 그의 동에 있는 장기수의 것이었다. 편지는 여자 동에 있는 여죄수에게 가야 했다. 하지만 그녀에게 쓴 것인지 그녀 역시 연결 고리의 하나였는지는 나도 알지 못했다. 내가 아는 것은 그녀의 인상착의와 그녀에게 편지를 넘겨주어야 한다는 것뿐이었다.

이틀 동안 편지를 내가 가지고 있었다. 그러다 기회가 왔다. 여죄수들이 낡은 죄수복 전부를 수선해야 할 일이 생겼다. 우리 몇이 거대한 옷 무더기를 다시 가져오기 위해 여자 동으로 가야 했다. 제1반장을 따라 내가 가게 되었다. 문이 하나씩 열리고 감옥을 가로질러 여죄수들의 구역으로 갔다. 여자들이 앉아서 옷 수선을 하고 있는 커다란 방에 들어섰다. 내가 들은 인상의 여죄수를 찾아 그녀에게 가까이 다가갔다. 두 명의 여자 교도관이 눈에 불을 켜고 감시하고 있었다. 나는 편지를 손에 감추고 그녀에게 눈짓을 했다. 그녀는 내가 줄 것이 있다는 것을 알아챘다. 그녀도 편지를 기다리고 있었고, 우리가 방에 들어올 때 누가 전달책인지를 살피고 있었던 것 같다. 하지만 교도관 하나가 그녀에게서 1미터도 안 되는 거리에 있었다. 벌써 도우미들이 가져갈 옷 꾸러미들을 싣고 있었다. 기회는 지나갔다. 나는 내 꾸러미를 단단하게 다시 묶는 척하면서 꾸물거렸다. 여교도관이 딴 데로 시선을 돌릴까? 아니면 어쩌지? 바로 그때 어떤 여죄수가 도우미 하나에게 발을 걸어 넘어뜨리고 꼬집는 등의 장난을 쳤다. 교도관이 그쪽으로 시선을 돌리고 날카롭게 소리쳤다. 아직도 그 일이 교도관의 시선을 돌리기 위해 의도한 것인지는 모르겠다. 하지만 그게 기회라는 건 알았다. 내가 편지를 줘야 할 여죄수가 무릎에 있던 손을 옆으로 떨어뜨렸다. 나는 옷 꾸러미를 집어 들기 위해 몸을 구부리고 그 상태에서 편지를 그녀 손에 넘겨주고 다른 편지를 받았다. 그리고 바로 옷 꾸러미를 어깨에 메었고, 제일 늦게까지 꾸물거려 나를 주시하던 교도관의 시선을 느끼며 급히 동료들을 뒤쫓아 갔다. 내가 여죄수한테 받은 편지는 소방수에게 건네졌고, 그다음에는 이발사, 내 물건을 밀반입해준 죄수를 거쳐 결국 장기수한테 넘어갔다.

종종 편지 배달을 했지만, 이 연결 고리가 너무 복잡해서 누가 보내는 사람이고 누가 받는 사람인지 알 수가 없다. 그저 우리는 하나의 고리일 뿐이었다. 어디서든 어떤 방식으로든 한 죄수가 편지를 내 손에 밀어 넣으면서 다음 고리로 전달하라고 지시한다. 그러고 나면 후에 보상을 받고, 편지가 전해지는 주요 고리가 되면 돈도 받게 된다. 감옥 전체가 이렇게 이어져 있는 연결망이었다. 이 연결 시스템을 장악하고 있는 우리는 자본주의 사회의 법칙에 따라 고객들에게 비싼 수수료를 걷어왔다. 때로는 애정으로 하는 서비스와 별 다를 바 없는 아주 상업적인 서비스였다.

감옥에 있는 내내 나는 내 친구에게 충실했다. 그는 나에게 많은 일을 해주었고 그 보답으로 내가 그를 위해 일해주길 기대했다. 우리가 출소하면 같이 움직이면서, 입 밖으로 내뱉지는 않았지만, 소위 '한탕'을 노려볼 수도 있었다. 내 친구는 전과자였다. 물론 보기 드문 일급 범죄자는 아니라 도둑질이나 강도질 또 어쩔 수 없을 땐 살인도 하는 흔한 범죄자였다. 우리는 은밀히 만나 자주 얘기를 했다. 그에게는 나가자마자 할 만한 두서너 건수가 있었고 나를 끼워주기로 했기에 우리는 모여 세부 사항들을 논의했다. 범죄자들과 같이 있으며 그들을 잘 알게 되었다. 내 친구는 내가 단지 장난이었고 30일 동안 그런 척만 했다는 것을 상상도 하지 못했다. 그는 나를 정말 쓸 만한 놈이라 생각했고, 멍청하지 않아서 나를 좋아했다. 아니 내 생각에 조금은 좋아했던 것 같다. 물론 나는 그와 어울려서 더럽고 시시한 범죄자의 삶을 살 생각은 조금도 없었지만, 그와의 우정으로 내가 얻을 수 있는 모든 이익을 던져버릴 바보도 아니었다. 지옥의 용암이 펄펄 끓고 있는 와중에 길을 골라 갈 수는 없는 법이고, 이리 카운티 교도소에서 내 상황이 그랬다. 나는

'관리'를 하면서 감옥 안에 있거나 빵과 물만 먹으면서 중노동을 하거나 둘 중의 하나를 선택해야 했다. 그리고 관리자로 있으려면 내 친구와 잘 지내야 했다.

감옥 생활은 지루하지는 않았다. 매일 무슨 일이 일어났다. 발작을 일으키고, 미치고, 싸웠다. 그렇지 않을 땐 도우미가 술에 취했다. 일반 사동도우미 중 하나인 로버 잭은 스타 술꾼이었다. 그는 '전문가'였으며 '진정한' 주정꾼이었다. 무슨 짓을 해도 담당 반장조차 못 본 척했다. 제2반장이었던 피츠버그 조는 로버 잭의 술판에 함께하곤 했다. 이들은 이리 카운티 감옥이 술을 퍼마셔도 체포되지 않는 유일한 곳이라고 허풍을 떨었다. 확실하지는 않지만, 의무실에서 속여서 얻어낸 브롬화 칼륨*으로 만든 술이라는 얘기를 들었다. 무슨 액체든 간에 그들이 종종 마시고 취했다는 것은 확실하다.

우리 동은 사회 낙오자, 인간 쓰레기와 불량품들로 가득한 잡탕 같았다. 유전적인 지적 장애인들, 성도착자들, 파산자들, 정신 이상자들, 타락한 지식인들, 간질 환자들, 괴물과 약골들. 정말 악몽에나 나올 것 같은 인간 군상들의 집합

---

* 브로민과 칼륨의 화합물로 신경 안정제의 원료이다.

이었다. 그러니 여기저기서 발작이 일어났고, 발작은 전염되는 듯했다. 한 사람이 발작을 하면 다른 사람이 이를 따랐다. 일곱 명이 동시에 발작을 하며 무시무시한 비명을 지르고 있는데 다른 쪽에서는 일곱도 넘는 정신병자들이 알 수 없는 말을 중얼거리며 이리저리 왔다 갔다 하는 걸 본 적도 있다. 발작이 일어난 사람에게는 차가운 물을 끼얹는 것말고는 별 방법이 없었다. 의사나 인턴을 불러도 소용없었다. 그들은 그 정도의 사소하고 흔한 일에는 관심도 없었다.

열여덟쯤 된 네덜란드 소년이 있었는데 제일 자주 발작을 일으켰다. 보통 하루에 한 번은 쓰러졌다. 그래서 도우미들이 생활하는 맨 아래층 끝에 가둬두었다. 작업장에서 몇 번 발작을 일으킨 뒤에 교도관들은 더 신경 쓰기 싫어 그를 종일 감방에 가둬놓고 런던에서 온 친구 하나를 붙여두었다. 그런데 그 런던 친구는 전혀 쓸모가 없었다. 소년이 발작을 하면 런던 친구는 겁을 먹고 꼼짝도 하지 못했다.

소년은 영어를 한마디도 못 했다. 농부 출신인 그는 누군가와 싸운 죄로 구류 90일을 받고 복역 중이었다. 소년은 발작이 일어나기 전에 늑대처럼 울부짖곤 했다. 또 아주 불편하게 선 채로 발작을 일으켜 항상 바닥에 거꾸로 처박히곤 했다. 그가 늑대처럼 울부짖기 시작하면 나는 빗자루를 움켜쥐고 그의 감방으로 뛰어갔다. 모범수가 아니면 감방 열쇠를 주지 않았기 때문에 나는 감방 안으로 들어갈 수 없었다. 그는 좁은 감방 가운데 서서 눈이 뒤집혀 흰자위만 보인 채 경련을 하며 미친 사람처럼 울부짖고 있었다. 내가 뭐라도 해보려 했지만 런던 친구는 전혀 도울 낌새도 없었다. 소년이 발작을 하면 런던 친구는 이층 침대에 쭈그리고 앉아 몸을 떨며 겁에 질려 그 끔찍한 모습을 보고만 있었다. 소년은 눈이 돌아가 소리를 지르고 또 질렀다. 그 빌어먹을 불쌍한 런던 친구는 보는 것만으로도 힘들어했다. 그 역시 정신이 나가 있었고 그마저 발작을 일으키지 않은 게 감사할 따름이었다.

내 유일한 희망은 빗자루였다. 창살 사이로 빗자루를 밀어 넣어 소년의 가슴을 처대면서 기다렸다. 그가 앞뒤로 몸을 크게 흔들면 위험했다. 언제 앞으로 곤두박질칠지 모르기 때문에 그가 흔들릴 때마다 나도 빗자루를 같이 움직였다. 그가 쓰러지려 하면 빗자루로 밀어 그를 도우려 했다. 하지만 내가 어떻게 해도 그는 얌전히 넘어가는 법이 없었고 얼굴을 돌바닥에 부딪혀 상처를 입었다. 일단 넘어져 몸을 떨며 비틀기 시작하면 물 한 양동이를 끼얹었다. 찬물을 끼얹는 게 맞는지는 아직도 모르겠지만 이리 카운티 교도소에서는 그렇게 했다. 그에게 다른 걸 더 한 적은 없었다. 그는 한 시간쯤 물에 젖어 누워 있다가 침대로 기어들어 갔다. 나는 교도관에게 도움을 청하러 갈 만큼 어리석지는 않았다. 발작하는 사람 정도가 무슨 대수란 말인가?

소년의 옆방에는 이상한 인물이 지내고 있었다. 그는 바넘의 음식물 쓰레기통에서 음식을 주워 먹어 구류 60일을 받았다. 적어도 그의 말에 의하면 그렇다. 심하게 멍청한 놈이었는데 처음엔 아주 온순하고 상냥해 보인다. 그가 한 말은 사실이었다. 그는 서커스 공연장 주위를 어슬렁대다 배가 고파서 서커스 단원들이 남겨서 버린 음식물 쓰레기통을 뒤졌다. 나에게 "빵이 아주 괜찮았어." 말하곤 했다. "근데 고기가 없었어." 경찰이 그를 보았고 그를 체포했다. 그래서 감옥에 오게 되었다.

한번은 내가 가늘고 빳빳한 철사를 들고 그의 감방 앞을 지나갔다. 그가 너무도 간절하게 애원하길래 철장 안으로 철사를 넘겨주었다. 그는 아무런 도구도 없이 바로 손으로 짧게 철사를 자르고 꼬아서 썩 쓸 만한 안전핀 여섯 개를 만들었다. 그리고 끝을 돌바닥에 날카롭게 갈았다. 그때부터 나는 안전핀 장사로 재미를 좀 봤다. 내가 재료를 제공하면 그가 만들고, 나는 다시 그 완성품을 팔았다. 임금으로 그에게 여분의 빵을 조금 더 주거나 가끔은 고깃덩어리, 스프에서 건진 고기가 조금 남은 뼛조각 등을 주곤 했다.

하지만 감금 생활이 이어지자 그는 하루하루 난폭해졌다. 사동도우미들은 재미로 그를 괴롭혔다. 그는 머리가 모자랐기 때문에 그가 막대한 유산을 받게 되었다는 등의 황당한 얘기로 그를 속였다. 유산을 빼앗으려고 그를 체포해 감옥에 보냈다는 것이었다. 쓰레기통에서 음식을 주워 먹은 게 죄가 아니기에 그가 감옥에 있는 것이 잘못됐다는 것은 그도 알고 있었다. 그래서 그의 유산을 가로채려는 음모가 있다고 믿게 되었다.

도우미들이 그에게 한 거짓말에 대해 웃으며 하는 이야기를 듣고서야 나는 그 사실을 처음 알게 되었다. 그 뒤에 그가 나에게 수백만 달러와 이를 가로채려는 음모에 대해 진지하게 의논해왔다. 그리고 나에게 조사를 의뢰했다. 나는 오해일 수 있다고, 정당한 상속인이 비슷한 이름을 가진 다른 사람일 수도 있다고 애매하게 말하며 그를 진정시키려 최선을 다했다. 그러자 그는 많이 차분해졌다. 하지만 도우미들을 그에게서 떼어낼 수가 없었다. 그들은 점점 더 심한 거짓말을 계속했다. 결국 한바탕 소란이 난 후에 그는 나를 해고해 사설 탐정 권한을 취소하고 파업에 들어갔다. 안전핀 사업은 중단되었다. 그는 내가 지나가면 감방 창살 너머로 원료를 던져대며 더는 안전핀을 만들지 않겠다고 소리쳤다.

그 뒤로 그와 화해하지 못했다. 다른 도우미들이 그에게 내가 음모자들이 고용한 탐정이라고 말했기 때문이었다. 그리고 그 와중에 그들은 거짓말로 그를 미치게 만들었다. 이 지어낸 악의적인 거짓말들이 그의 정신을 좀먹어 결국 그는 위험하고 살기 어린 정신병자가 되었다. 교도관들이 수백만 달러를 도둑맞았다는 그의 얘기를 들어주지 않자 그는 그들 역시 음모에 가담했다고 비난했다. 어느 날 그는 교도관 하나에게 뜨거운 찻잔을 던져 조사를 받았다. 교도소장이 감방 창살 너머로 그와 몇 분간 얘기를 나눈 후 그를 의사에게 진찰을 보냈다. 그리고 그는 다시 돌아오지 않았다. 나는 그가 죽었는지 아니면 어느 정신병자 수용소에서 아직도 수백만 달러에 대해 떠들고 있는지 종종 궁금해지곤 한다.

마침내 그날, 출소하는 날이 왔다. 제3반장 역시 출소하는 날이기도 했다. 내가 그 대신 편지로 꼬셔준 단기수 여죄수가 감옥 밖에서 그를 기다리고 있었다. 그들은 행복한 모습으로 함께 떠나갔다. 내 친구와 나는 같이 감옥을 나와 버펄로까지 함께 갔다. 하지만 항상 함께할 수는 없지 않은가? 우리는 그날 시내 중심가에서 같이 동전을 구걸하고 받은 돈을 맥주 '조끼'를 마시는 데 다 써버렸다. 나는 '조끼'의 철자도 몰라서 그냥 소리나는 대로 적었다. 어쨌든 3센트를 냈다. 나는 내내 도망칠 기회만 보고 있었다. 시내에서 어떤 친구에게 화물열차가 몇 시에 떠나는지를 알아냈다. 그래서 나는 시간만 따져보고 있었다. 우리는 술집 안에서 거품 나는 맥주 두 잔을 앞에 놓고 있었다. 그리고 시간이 되었다. 그에게 작별 인사를 하고 싶었다. 그는 나에게 잘해주었다. 하지만 그럴 수가 없었다. 술집 뒷문으로 빠져나와 울타리를 뛰어넘었다. 재빠르게 빠져나왔고, 몇 분 후 나는 화물열차에 올라 서뉴욕선과 펜실베이니아 철도를 타고 남쪽으로 향하고 있었다.

말하자면 나는 이 세계 곳곳의 길들을 즐기고 모두 맛보았다.
말하자면 한 침대에 너무 오래 머물 수 없는 이들에겐
그 길들이 좋았다.
하지만 내가 그랬듯이, 그대 역시
길에 나서 이 모두를 겪어야 한다. 죽을 때까지

(...)

우리가 건강히 살아 있어 이 모두를 지켜볼 수 있다면, 어디서 어떻게 죽든 무슨 상관이랴?

-러디어드 키플링, 〈떠돌이 왕의 시〉

6. 밤에 스쳐간 호보들

길에서 떠돌며 나는 수많은 호보들을 만났다. 내가 그를 환영하거나 그가 나를 환영하거나, 물탱크에서 함께 대기하며 옷을 소독하거나 스튜를 끓여 먹기도 했다. 번화가나 가정집에서 같이 구걸을 했고 함께 열차를 잡기도 했다. 그렇게 스쳐가 다시는 보지 못한 이들도 많다. 신기하게도 너무 자주 스치는 이들이 있는가 하면, 아주 가까이 있었는데도 유령처럼 사라져 한 번도 보지 못한 이들도 있다.

캐나다를 가로질러 3천 마일이나 되는 철도를 따라가며 한 번도 마주치지 못한 이가 하나 있는데, 그의 닉네임은 '윗돛 잭'이었다. 나는 몬트리올에서 그의 흔적을 처음 마주쳤다. 어떤 배의 제3마스트의 윗돛에 잭나이프로 새겨져 있었는데 너무 멋졌다. 위에는 'B. W. 10-15-94', 그 아래 '윗돛 잭'이라고 새겨 있었다. 1894년 10월 15일 몬트리올을 지나 서부로 가고 있다는 뜻이었다. 그는 나보다 하루가 빨랐다. 당시 내 닉네임은 '선원 잭'이었는데 나도 그 옆에 바로 날짜와 서부로 간다는 정보를 새겨 넣었다.

그 후에 수백 마일을 가는 동안 운이 따르지 않아 지체되었고 8일이 지난 후에야 오타와 서쪽 3백 마일 지역에서 윗돛 잭의 흔적을 발견했다. 물탱크 위에 새겨져 있었는데 날짜로 보아 그 역시 나처럼 지체되었던 것 같았다. 그는 이틀 정도 나보다 앞서 있었다. 나는 '뛰어난 호보'이자 '떠돌이 왕족'이었다. 웟돛 잭 역시 그랬다. 그를 따라잡는 것은 내 자부심과 명성이 달린 문제였다. 밤낮으로 기차를 잡아타고 달려 그를 앞질렀지만 바로 그가 나를 따라잡았다. 어떤 때는 그가 하루 이틀 앞서기도, 어떤 때는 내가 그러기도 했다. 그가 앞서 있을 때는 그를 스쳐 동쪽으로 가는 호보들에게 그에 대해 들을 때도 있었다. 그리고 그도 선원 잭에게 관심을 갖고 물었다는 것도 알게 되었다.

우리가 함께 다녔다면 둘도 없는 짝이 되었을 거라고 확신한다. 그러나 우리는 그럴 수 없었다. 매니토바를 지날 때는 분명히 내가 앞서 있었고 앨버타를 지날 때는 그가 앞서 있었다. 춥고 흐린 어느 날 아침 키킹호스 패스* 동쪽 끝 역에서 지난밤 키킹호스와 로저스 사이에서 그를 보았다는 얘기를 들었다. 그 정보를 듣게 된 경로가 조금 이상했다. 나는 밤새도록 유개화차를 타고 달리다 거의 얼어 죽을 상태로 음식을 구하러 역으로 기어 나왔다. 살을 에는 안개를 뚫고 기관차고에 있는 화부 몇을 노렸다. 그들은 도시락통에서 남은 것을 내게 주었다. 거기다 꽤 많은 양의 썩 훌

* 캐나다 횡단 철도가 록키 산맥을 통과하는 구간

륭한 커피도 얻었다. 막 커피를 데워 마시려던 참에 서쪽에서 화물열차가 들어왔다. 유개화물차 문이 열리고 떠돌이가 기어 나왔다. 짙은 안개를 헤치고 절뚝이며 다가왔다. 입술은 퍼렇고 추위에 몸이 완전히 굳어 있었다. 나는 내 몫의 커피를 그와 나눠 마시며 윗돛 잭의 이야기를 들었다. 이런! 그는 내 고향인 캘리포니아 오클랜드 출신에 유명한 갱단의 일원이었다. 나도 간혹 관계한 적이 있던 갱단이었다. 우리는 빠르게 이야기를 나누며 30분만에 음식을 먹어치웠다. 내 화물차가 출발하기 시작해 나는 열차에 올라 윗돛 잭의 뒤를 쫓아 서쪽으로 향했다.

나는 철도 노선 사이에서 지체되어 이틀간 아무것도 못 먹었고 사흘째에는 열차를 잡기 전에 11마일이나 걸었다. 하지만 브리티시컬럼비아주에 있는 프레이저강에서 윗돛 잭을 앞서는 데 성공했다. 객차를 타 시간을 벌었는데 그도 객차를 탔던 모양이다. 그리고 운이 더 좋았든지 기술이 더 좋았든지 그가 나보다 앞서 미션에 도착했다.

미션은 밴쿠버에서 40마일 동쪽에 있는 분기점이었다. 거기서 워싱턴을 거쳐 남쪽으로 갈 수도 있고 오리건을 거쳐 북태평양으로 갈 수도 있다. 내가 그보다 앞서 있다고 생각했기에 윗돛 잭이 어느 길로 갈지 궁금했다. 나는 밴쿠버를 향해 서쪽으로 가고 있었기에 정보를 남기기 위해 물탱크로 갔다. 그런데 거기에 갓 새겨진 오늘 날짜와 윗돛 잭의 서명이 있었다. 나는 급히 밴쿠버로 갔으나 그는 떠난 후였다. 그는 바로 배를 타고 모험의 세계를 향해 서쪽으로 항해하고 있었다. 정말이지 윗돛 잭이여, 그대는 진정한 떠돌이 왕이고 세상을 떠도는 바람의 친구이다. 나는 그대에게 경의를 표한다. 당신이야말로 최고의 떠돌이라 할 만하다. 일주일 뒤에 나도 배를 탔다. 증기선 유머틸라호 앞 간판에 올라 해안을 따라 샌프란시스코로 내려갔다. 달려라 윗돛 잭과 선원 잭! 우리가 함께였다면!

물탱크는 떠돌이들의 명부였다. 떠돌이들이 자신의 닉네임, 날짜, 여정을 새기는 것이 아무 의미 없는 심심풀이가 아니다. 호보들을 만나면 계속 이런저런 이름이나 닉네임의 이들을 어디서 봤는지 열심히 물어온다. 그럼 나는 최근에 물탱크에서 본 그의 서명이나 가는 방향을 알려주곤 한다. 내게 정보를 얻은 호보는 친구를 좇아 급히 떠났다. 한 친구를 찾아 대륙을 횡단하고 돌아와 다시 찾으러 가는 호보를 본 적도 있다.

닉네임이란 호보 동료들이 그를 받아들일 때 그가 쓰는 이름이다. 예를 들어 겁쟁이 조는 소심한 친구였기 때문에 그런 이름으로 불렸다. 자부심이 있는 호보라면 스튜 범 같은 이름을 쓰지 않을 것이다. 떠돌이들은 천대받고 일했던 과거를 기억하고 싶지 않기 때문에 직업을 붙인 닉네임은 아주 드물다. 내가 만난 몇몇은 그런 이름이긴 했다. 기억나는 이들은 주형공 블랙키, 칠장이 레드, '시chi' 배관공, 보일러 수리공, 꼬마 선원, 인쇄공 보 정도이다. '시'('shy'로 발음한다)는 별 의미 없는 '시카고'의 은어이다.

호보들이 즐겨 쓰는 방식은 출신 지역을 따서 닉네임을 붙이는 것이다. 이런 식이다. 뉴욕 토미, 태평양 홀쭉이, 버펄로 스미스, 캔턴 팀, 피츠버그 잭, 시러큐스 샤인, 트로이 미키, K. L. 빌, 코네티컷 지미. 그리고 '일한 적도 없고 일할 생각도 없는 비니거힐에서 온 홀쭉이 짐'이 있었다. '샤인'은 얼굴에 흰색이 빛나는 데서 왔는지 항상 흑인이었다. 텍사스 샤인이나 톨레도 샤인이란 이름에서 그의 인종과 출신을 알 수 있다.

인종을 나타내는 닉네임 중에는 이런 이름들이 기억난다. 샌프란시스코 유대인, 뉴욕 아일랜드인, 미시간 프랑스인, 영국인 잭, 런던 아이 그리고 밀워키 네덜란드인. 타고난 피부색의 배합에 따라 닉네임이 붙은 이들도 있다. 시카고 백인, 뉴저지 홍당무, 보스턴 검둥이, 시애틀 브라우니, 옐로 딕, 옐로 벨리 등이 있다. 마지막으로 미시시피 크리올이 있는데 그건 자기가 직접 지은 별명인 것 같다.

텍사스 왕족, 해피 조, 술꾼 코너스, 담배 보, 토네이도 블랙키, 호구 맥콜 등은 더 상상력을 발휘해 이름을 붙였다. 상상력이 부족한 이들은 신체적인 특징을 드러낸 이름을 사용했다. 밴쿠버 홀쭉이, 디트로이트 난쟁이, 오하이오 뚱뚱이, 장대 잭, 꼬마 조, 뉴욕 깜빡이, 시카고 킁킁이, 곱사등 밴 등이 있다.

거리의 아이들도 장난스럽고 다양한 이름을 스스로 붙이고 길에 나선다. 예를 들어 내가 여기저기서 본 이들은 다음과 같다. 꼬마 수사슴, 꼬마 장님, 난쟁이 꼬마, 꼬마 성자, 꼬마 박쥐, 꼬마 날쌘돌이, 꼬마 쿠키, 꼬마 원숭이, 아이오와 꼬마, 꼬마 통나무, 꼬마 웅변가(어떻게 이런 이름이 붙었는지 알 수 있다), 건방진 꼬마(이름에 따르면 아주 건방진 아이다) 등이다.

12년 전 뉴멕시코 샌 마셜의 물탱크에 다음과 같은 알림 전단이 붙어 있었다.

1. 시내 중심가 괜찮음
2. 경찰들 적대적이지 않음

3. 차고 잠자리 좋음

4. 북쪽 방향 기차 좋지 않음

5. 가정집 좋지 않음

6. 식당 요리사한테만 좋음

7. 역내 식당 밤일에만 좋음

1번은 시내 중심가에서 돈을 구걸하는 것이 괜찮다는 뜻이다. 2번은 경찰들이 호보를 괴롭히지 않는다는 것이고 3은 차고에서 잘 수 있다는 뜻이다. 하지만 4번은 분명하지 않다. 북쪽 방향 기차가 몰래 타기에 좋지 않다는 뜻일 수도 있고 구걸하기 좋지 않다는 뜻일 수도 있다. 5번은 가정집들이 구걸하는 데 좋지 않다는 뜻이고 6번은 요리사였던 호보들만 식당에서 음식을 얻을 수 있다는 의미이다. 7번은 잘 이해가 가지 않는다. 역내 식당이 밤에 구걸하기 좋다는 얘기인지, 요리사 출신 호보만 음식을 얻을 수 있다는 뜻인지, 요리사이건 아니건 호보가 역내 식당의 요리사를 도와 잡일을 해주고 그 대가로 먹을 것을 얻을 수 있다는 뜻인지 확실하지가 않다.

밤에 스쳐간 호보들 얘기로 돌아가서, 캘리포니아에서 만났던 한 사람이 기억난다. 그는 스웨덴인이었는데 아무도 그의 출신을 눈치채지 못할 정도로 미국에서 오래 살았다. 그가 스스로 얘기를 해야만 알 수 있었다. 사실 그는 아주 어렸을 때 미국에 왔다. 나는 트러키라는 산속 마을에서 그를 처음 알게 되었다. "어디로 가나, 친구?"가 우리의 인사였고 "동쪽으로"가 우리의 대답이었다. 그날 밤은 한 무더기나 되는 온갖 종류의 호보들이 대륙횡단 열차를 잡으려 뒤섞이는 바람에 그를 잃어버리고 열차도 놓쳤다.

나는 바로 옆 선로의 유개화차를 잡아타고 네바다 리노에 도착했다. 일요일 아침이었고 아침을 얻어먹은 후에 어슬렁거리다 파이유트족* 주거지에서 인디언들이 도박하는 것을 보았다. 거기서 그 스웨덴인이 완전히 빠져서 보고 있었다. 우리는 다시 뭉쳤다. 그 마을에서 내가 아는 유일한 사람이 그였고, 그가 아는 사람도 나밖에 없었다. 우리는 만족하지 못한 한 쌍의 수행자들처럼 함께 쏘다녔다. 하루를 같이 보내고 저녁을 얻으러 돌아다니다 오후 늦게 같은 화물차를 타려 했으나 그는 기차를 놓쳤다. 나 혼자 타고 출발했지만 20마일쯤 달리다 사막에서 나 역시 기차를 놓치게 되었다.

---

* 북아메리카 인디언의 한 부족으로 유타, 애리조나, 네바다 및 캘리포니아 등 건조한 사막 지대에 거쳐 살았다.

내가 기차에서 쫓겨난 곳은 완전히 황량한 곳이었다. 일종의 간이역으로, 모래와 짚으로 얼기설기 지은 버려진 가건물 한 채가 다였다. 차가운 바람이 불어오고 밤이 되고 있었다. 그 역사에서 지내고 있는 유일한 통신 기사가 나를 보고 겁을 먹었다. 그에게 음식도 잠자리도 얻을 수 있을 것 같지 않았다. 그가 동부행 열차가 여기서 서지 않는다고 말했지만, 나는 믿지 않았다. 그가 분명히 나를 무서워하고 있었기 때문이었다. 게다가 채 5분도 안 되어 내가 동부행 기차에서 내리지 않았던가? 그는 그 기차는 신호를 받아 정차했고 앞으로 1년은 있어야 신호를 받은 다른 기차가 정차한다고 강하게 우겼다. 그리고 12에서 15마일쯤 떨어진 워즈워스까지 걸어가는 게 나을 거라고 했다. 하지만 나는 기다려보기로 했다. 그리고 서부행 열차 두 대와 동부행 열차 한 대가 멈추지 않고 지나가는 것을 기꺼이 보고 있었다. 동부행 열차에 스웨덴인이 타고 있는지 궁금했다. 워즈워스까지 선로를 따라 걸어갈지를 정해야 했다. 내가 그러기로 하자 통신 기사는 내가 그를 죽이거나 역사에 불을 지르지 않고 떠나는 것에 아주 안도하는 눈치였다. 그에게는 아주 감사하고 있다. 거의 6마일쯤 선로를 따라 걸었을 때 동부행 대륙횡단 열차가 지나갔다. 기차는 아주 빠르게 지나쳤지만, 첫 번째 깜깜이 차량에서 스웨덴인 같은 희미한 실루엣을 볼 수 있었다.

그것이 그 진저리 나는 며칠 동안 내가 본 그의 마지막 모습이었다. 나는 수백 마일은 되는 네바다 사막의 고원지대를 지났다. 밤에는 빨리 가기 위해 횡단 열차를 잡아탔고 낮에는 자기 위해 유개화차를 잡았다. 이른 봄이라 고원 지대는 추웠다. 눈이 여기저기 쌓여 있었고 평지를 둘러싼 산들은 눈으로 온통 하얬다. 밤에는 산에서 내려온 끔찍하게 추운 바람이 몰아쳤다. 여기는 오래 머무를 곳이 아니었다. 그리고 친절한 독자들이여, 호보는 쉴 곳도 돈도 없이 그런 곳을 지난다는 것을 알아주시길. 담요도 없이 잠을 자고 구걸로 살아간다. 담요도 없이 자는 것이 어떤지는 경험해본 사람만이 알 수 있다.

아직 날이 어둡기 전에 오그던 역에 도착했다. 유니온 퍼시픽* 횡단 열차가 동쪽으로 출발할 예정이고 나는 어떤 철로를 잡아야 할지 고민이었다. 어두운 기관차 앞쪽 선로 연결선 밖에 한 남자가 늘어져 있었다. 그 스웨덴인이었다. 우리는 잃어버린 형제라도 만난 것처럼 악수를 나눴고

* 북미 대륙의 동부와 서부를 이은 최초의 대륙횡단 철도 회사.

둘 다 손에 장갑을 끼고 있는 걸 알았다. "어디서 훔쳤어?" 내가 물었다. "기관실에서." 그가 대답했다. "너는 어디서 난 거야?" "소방수 거야." 내가 덧붙였다. "조심성이 없더라고."

우리는 대륙횡단 열차가 출발할 때 깜깜이 차량을 잡아탔는데 거기는 너무 추웠다. 열차는 눈 덮인 산들 사이의 협곡을 달렸고 우리는 추위에 떨고 기차에 흔들리며 어떻게 리노에서 오그던까지 왔는지에 대한 정보를 나눴다. 나는 전날 밤 한 시간밖에 눈을 붙이지 못했으나 깜깜이 차량은 너무 불편해서 잠깐 졸기도 힘들었다. 기차가 멈추자 나는 앞쪽 기관차로 갔다. 그 열차에는 등급이 다른 두 개의 기관차가 있었다.

제1기관차의 조정실은 바람이 그대로 통했기 때문에 너무 추우리라는 것을 알고 있었다. 그래서 제1기관차가 바람을 막아주는 제2기관차로 향했다. 배장기*에 올라서 보니 기관실에 누군가 있었다. 어두웠지만 어린 소년인 것 같았다. 깊이 잠든 소리가 들렸다. 몸을 끼워 넣으면 두 명이 들어갈 공간이었다. 나는 소년을 안쪽으로 밀어 넣고 그 옆으

---

* 장애물을 제거하기 위하여 기관차 앞에 설치하는 기구

로 기어들어 갔다. '좋은' 밤이었고 제동수는 우리를 괴롭히지 않았다. 바로 잠들었다. 간혹 뜨거운 재가 떨어지거나 기차가 심하게 덜컹대 깨면 나는 소년에게 바짝 달라붙어 엔진 움직이는 소리와 바퀴가 끼익 대는 소리를 들으며 꾸벅꾸벅 졸았다.

횡단 열차는 와이오밍주까지만 운행했다. 앞에 난 사고 잔해들로 철로가 막혔기 때문이다. 기관사 시신이 실려왔다. 그의 시신은 그 철로가 얼마나 위험한지를 증명하고 있었다. 떠돌이 하나도 죽었으나, 그 시신은 돌아오지 않았다. 나는 소년과 이야기를 나누었다. 소년은 열세 살이었다. 오리건 어딘가 있는 가족에게서 도망 나왔고 할머니가 있는 동부로 가는 중이었다. 소년은 집에서 받은 심한 학대를 아주 생생하게 얘기했다. 또 그가 철도에서 만난 이름도 모르는 호보인 나에게 거짓말을 할 이유는 없었다.

소년은 더 갈 생각이었다. 빠르게 갈 다른 방법이 없었기 때문이었다. 걸어서 가느니 그편이 더 빠르리라고 생각하였다. 역장은 열차를 온 방향으로 되돌려 지선을 타고 오리건 단선철도로 올려 보내 사고 맞은편의 유니온 퍼시픽 철도와 연결하려고 했다. 소년은 조정실로 올라가 거기 있겠다고 했다. 그건 나와 스웨덴인이 보기에 너무 무리였다.

12마일도 안 되는 거리를 더 가겠다고 밤새도록 끔찍한 추위에 시달리며 가야 한다는 얘기다. 우리는 사고 잔해가 치워질 때까지 기다리며 잠이나 푹 자겠다고 했다.

지금도 추운 한밤중에 낯선 도시에서 무일푼으로 부닥쳐 잠자리를 찾는 것은 쉬운 일이 아니다. 스웨덴인은 빈털터리였고 내 전 재산은 10센트짜리 동전 두 개와 1센트짜리 동전 하나였다. 그 지역 소년에게 맥주는 5센트이고 술집이 밤새도록 연다는 정보를 얻었다. 거기가 우리의 먹이였다. 맥주 두 잔에 10센트를 내고 난롯가 의자에 앉아 아침까지 잘 수 있다. 우리는 술집 불빛을 찾아 기분 좋게 걸었다. 눈이 발아래서 뽀드득거리고 다소 매서운 바람이 불어왔다.

신이시여, 그 동네 소년의 말을 착각했다. 그 도시에서 맥주가 5센트하는 술집은 단 하나뿐이었고 우리는 그 술집을 찾아내지 못했다. 그래도 우리가 들어간 술집도 괜찮았다. 술집에는 감사하게도 난로가 활활 타고 있었고 등나무 등받이가 있는 안락의자가 놓여 있었다. 우리가 들어서자 바텐더가 인상을 쓰며 우리를 수상쩍은 눈길로 보았다. 누구라도 밤낮으로 같은 옷을 입고 매연과 석탄과 싸우며 기차에 시달리고, 아무 데서나 자면서 우아한 모습일 수는 없다. 우리 첫인상이 결정적으로 불리하게 작용했다. 하지만 무슨 상관인가? 나는 바지 주머니에 술값이 있었다.

"맥주 두 잔이요." 나는 태연히 주문했고 바텐더가 술을 따르는 동안 우리는 바에 기대어 속으로는 난로 옆 안락의자를 탐내고 있었다.

바텐더가 거품 나는 두 개의 잔을 우리 앞에 놓았다. 나는 자신 있게 10센트를 냈다. 하지만 바로 난관에 봉착했다. 가격을 잘못 알았다는 걸 깨닫자마자 10센트를 더 주머니에서 찾아내야 했다. 이제 내게 딱 1센트밖에 없다 해도 상관없다. 우리는 낯선 땅에 있는 이방인이다. 나는 술값을 제대로 내야 했다. 하지만 바텐더는 기회를 주지 않았다. 그는 내가 낸 10센트짜리 동전을 보자마자 맥주잔을 양손에 하나씩 들고, 바 뒤에 있는 개수대에 쏟아버렸다. 그리고 바로 심술궂게 우리를 노려보면서 말했다.

"코에 딱지 생겼어, 코에 딱지 생겼다고!"

나는 코에 딱지가 없었고 스웨덴인도 그랬다. 우리 코는 아무 이상이 없었다. 그가 한 말의 정확한 뜻은 모르겠지만 대충은 짐작이 갔다. 그는 우리 차림새가 싫었고 맥주는 한 잔에 10센트였다.

나는 주머니를 뒤져 찾아낸 다른 10센트 동전을 바에

내려놓고 애써 아무렇지 않은 척 말했다. "아, 한 잔에 5센트줄 알았네요."

"자네 돈은 필요 없어." 바텐더가 동전 두 개를 내게 밀어주며 말했다.

비참하게도 동전을 다시 주머니에 넣고, 비참하게도 은혜로운 난로와 안락의자에 군침을 삼키며, 비참하게도 얼어붙은 밤의 거리로 다시 나왔다.

우리가 술집 밖으로 나갈 때까지 바텐더는 우리를 계속 노려보며 고함을 질렀다. "코에 딱지 생겼어! 봐봐!"

그때 이후 세상을 수도 없이 돌아다니며 낯선 장소와 낯선 사람들을 접하고 수많은 책을 읽고 수없이 강연을 들었지만, 지금까지 아무리 고민을 해봐도 와이오밍 에번스턴의 바텐더한테 들은 말의 의미를 알 수가 없다. 우리 코는 아무 문제없었다.

그날 밤 우리는 송전탑 구조물 보일러 위에서 잤다. 우리가 어떻게 그 잠자리를 찾았는지 기억도 나지 않는다. 말이 물가를 찾듯, 비둘기가 집을 찾듯 본능적으로 찾아들어갔을 것이다. 하지만 기억하고 싶지 않은 밤이었다. 보일러 위에 우리보다 먼저 온 열두 명이나 되는 호보들이 있는 데다가 너무 뜨거웠다. 송전탑 기사가 우리를 내려오지 못하게 해서 더 괴로웠다. 그는 우리에게 보일러 위에서 자든지 밖의 눈 위에서 자든지 선택하라고 했다. 너무 뜨거워 발작적으로 뛰쳐나와 보일러실로 내려가자 "거기서 자고 싶다고 했잖아. 우라질 놈들, 가서 자라고." 그가 말했다.

"물 좀." 나는 눈가에 흘러내리는 땀을 닦으며 헐떡였다. "물 좀 주세요."

그가 문을 가리키며 거기 어둠 속으로 내려가면 어딘가 강이 나올 거라고 했다. 나는 강 쪽으로 향했으나 어둠 속에서 길을 잃고 눈구덩이에 두세 번이나 빠진 뒤에 포기했다. 그리고 반쯤 얼어서 보일러 위로 돌아왔다. 몸이 녹자 갈증이 더 심해졌다. 내 주위에서 호보들이 끙끙대고 신음하고 흐느끼고 헐떡이고 가쁜 숨을 내뱉고 구르고 뒤척이고, 극심한 고통에 버둥대고 있었다. 우리는 지옥의 불판 위에서 달궈지는 영혼들이었다. 악마의 화신인 기사가 우리에게 허락한 유일한 대안은 추운 바깥에서 얼어 죽는 것이었다. 스웨덴인은 벌떡 일어나 그를 떠돌아다니게 하다 결국 이런 고난을 겪게 만든 자신의 방랑벽에 대해 격하게 저주를 퍼부었다.

"시카고에 돌아가면, 일을 구해 지옥이 얼어붙을 때까지 꼼짝도 안 하고 있을 테다. 그때까지 다시는 돌아다니나

봐라." 스웨덴인은 열변을 토했다.

이런 것이 운명의 아이러니일 것이다. 다음 날 사고 잔해가 치워지고 스웨덴인과 나는 따듯한 캘리포니아의 과일을 실은 빠른 화물열차 '오렌지 특급' 차량의 냉동 상자로 기어들어 가 에번스턴을 떠났다. 물론 날씨가 추웠기 때문에 냉동 상자들은 비어 있었다. 하지만 그렇다고 더 나은 것도 아니었다. 우리는 승강구를 통해 차량 위로 올라가 상자 안으로 들어갔다. 아연 도금이 된 철제 상자는 이런 살을 에는 추위에는 만지기조차 싫었다. 기차에 흔들리고 추위에 이가 딱딱 부딪힐 정도로 떨며 우리는 상자에 누워 논의를 했다. 어쨌든 이 험난한 고원 지역을 벗어나 미시시피 계곡으로 내려갈 때까지 꼬박 하루는 냉동 상자에 있어야 한다는 결론이었다.

하지만 우리는 먹어야 했다. 다음 역에서 내려 음식을 구해 다시 냉동 상자로 돌아와야겠다고 결정했다. 오후 늦게 그린리버에 도착했지만 저녁 식사를 하기엔 이른 시간이었다. 식사 전이 가정집 뒷문을 두들겨 구걸하기에 가장 나쁜 시간이다. 하지만 우리는 용기를 내어 열차가 역내로 들어서자 사다리를 타고 뛰어내려 집들을 향해 달렸다. 우리는 재빨리 찢어졌다 냉동칸에서 다시 만나기로 했다. 나는 처음엔 운이 없었지만 결국 구호품 두 개를 건져 셔츠에 쑤셔 넣고 기차를 쫓아 달렸다. 기차는 이미 출발했고 속도를 내고 있었다. 우리가 만나기로 한 냉동칸은 벌써 지나간 뒤였다. 그 뒤로 여섯 칸 뒤 차량의 보조 사다리로 뛰었다. 잽싸게 기차 지붕 위로 올라 냉동칸 차량으로 갔다.

하지만 승무원실에 있던 제동수가 나를 보았다. 몇 마일 떨어진 다음 역 록스프링스에서 제동수는 상자로 얼굴을 들이밀고 소리쳤다. “당장 내려! 이 징그러운 자식! 당장 내리라고!” 그리고 그는 내 발을 잡고 끌어냈다. 나는 당장 내렸고 ‘오렌지 특급’과 스웨덴인은 나를 버리고 달려갔다.

눈이 내리기 시작했다. 추운 밤이 오고 있었다. 어두워진 후에 역사 주위를 물색하다 빈 냉동 차량을 발견했다. 차량에 기어올라 냉동 상자가 아니라 차량 안으로 들어갔다. 그리고 육중한 차량 문을 세게 닫았다. 차량 벽이 두껍고 문 끝에 고무를 대서 안으로 공기가 새어들지 않았다. 바깥의 차가운 공기가 들어올 틈이 없었다. 하지만 안의 공기도 바깥처럼 차가웠다. 어떻게 온도를 올리냐가 문제였다. 하지만 나는 ‘선수’ 아닌가. 주머니에서 서너 장의 신문지를 꺼내 차량 바닥에서 한 번에 한 장씩 태웠다. 연기가 차량 천장까지 솟아올랐다. 열기가 전혀 새어 나가지 않아 아늑하고 따뜻했다. 나는 한 번도 깨지 않고 훌륭한 밤을 보냈다.

아침까지도 눈이 계속 내렸다. 아침을 얻으러 갔다가 동부행 열차를 놓치고 말았다. 그날 오후 늦게 다른 화물차를 두어 번 잡아보려 했으나 둘 다 놓쳤다. 오후 내내 동부행 열차는 지나가지 않았다. 눈이 더 심하게 내렸고 해 질 무렵에야 대륙횡단 열차의 첫 번째 깜깜이 차량에 오를 수 있었다. 내가 깜깜이 차량 한쪽으로 뛰어올랐을 때 누군가 다른 쪽으로 뛰어올라 왔다. 오리건에서 도망쳐 온 소년이었다.

눈보라 속을 달리는 급행열차의 첫 번째 깜깜이 차량은 여름 피크닉 장소가 아니다. 바람이 직통으로 들어와 차량 앞쪽에 부딪혔다가 다시 돌아왔다. 어둠이 깔리고 첫 번째 역에 도착했을 때 나는 앞으로 가서 화부를 떠봤다. 롤린스에 도착할 때까지 내가 석탄을 퍼주겠다고 제안해 결국 승낙을 받아냈다. 내가 할 일은 눈이 들이치는 탄수차에서 커다란 석탄 덩어리를 잘게 쪼개 기관실에 있는 그에게 퍼주는 일이었다. 하지만 쉬지 않고 하는 것은 아니라 가끔 기관실에 들어가 몸을 녹일 수도 있었다.

"저기…." 나는 첫 휴식 시간에 화부에게 말을 붙였다. "첫째 깜깜이 칸에 아이가 하나 있는데… 너무 추워서요."

유니온 퍼시픽의 기관실 내부는 아주 넓어서 화부의 운전석 앞에 있는 따듯한 구석 자리에 아이를 끼워 넣을 수 있었다. 아이는 바로 잠이 들었다. 롤린스에 도착한 것은 한밤중이었다. 눈이 점점 거세졌다. 여기서 이 기관차는 차고로 들어가고 새 기관차로 교체된다. 기차가 멈추자 기관실에서 뛰어내린 나는 코트를 입은 커다란 남자의 품으로 떨어졌다. 그는 나에게 질문을 해댔고 나는 그가 누군지 물었다. 그가 바로 보안관이라고 신분을 밝혔다. 나는 기가 죽어 그의 말을 경청하고 순순히 대답했다.

그가 기관실에서 아직도 자고 있는 아이의 모습을 설명하기 시작했다. 나는 빠르게 머리를 돌렸다. 분명히 가족이 아이를 찾고 있고 보안관은 오리건에서 전보로 지시를 받았을 것이다. 맞다, 나는 아이를 봤고 오그던에서 처음 만났다고 했다. 날짜는 보안관이 가진 정보와 일치했다. 근데 아이는 록스프링스를 떠날 때 대륙횡단 열차에서 쫓겨나 뒤처졌고, 어딘가에서 오고 있을 거라고 설명했다. 내내 아이가 깨서 기관실에서 나와 끝장내지 않기만을 빌었다.

보안관은 제동수와 이야기를 하러 가면서 나에게 이런 말을 남겼다.

"이봐, 여긴 자네 같은 놈이 있을 곳이 아니야. 알아들어? 이 열차를 타고 꺼져. 똑바로 해. 열차가 떠난 뒤에 나한테 잡히면….”

이 도시에 있겠다는 생각은 꿈에도 없으며 기차가 여기 서서 여기 있게 되었을 뿐 바로 이 도시에서 흔적도 없이 사라지겠다고 그를 안심시켰다.

그가 제동수와 이야기를 하러 간 사이 나는 다시 기관실로 뛰어들어 갔다. 아이는 잠에서 깨 눈을 비비고 있었다. 아이에게 상황을 전하고 차고에 있는 기관차를 타라고 일렀다. 짧게 설명하자면 소년은 열차에서 내려 새로 떠나는 열차의 기관차 배장기를 타고 가다 첫 번째 역에서 화부에게 기관실에 태워달라고 부탁하라는 내 지시대로 했다. 그리고 나는 열차에서 쫓겨났다. 새 기관차 화부는 젊어서 회사의 규칙을 어기고 기관실에 떠돌이를 들일 만큼 유연하지 못했다. 그래서 석탄을 퍼주겠다는 나의 제안을 거절했다. 소년이 그와 성공했기를 바란다. 이렇게 눈보라가 치는데 밤새도록 배장기 위에 있다가는 얼어 죽기 십상이다.

이상하지만 지금도 내가 어떻게 롤린스에서 기차에서 쫓겨났는지 기억이 나지 않는다. 기차가 눈보라 속으로 사라지는 모습을 보고 있었던 건 기억난다. 그리고 몸을 녹이려고 술집으로 갔다. 거기는 밝고 따뜻했다. 온갖 유흥으로 열기가 뜨거웠다. 카드 게임, 룰렛, 주사위 놀이, 포커 게임이 열리고 있었고 맛이 간 카우보이들 몇이 흥을 돋우고 있었다. 그들과 친해져서 막 한 잔을 얻어 마시려던 참에 육중한 손이 내 어깨를 눌렀다. 뒤를 돌아보자 탄식이 나왔다. 그 보안관이었다.

한마디 말도 없이 그는 나를 눈 속으로 끌어냈다.

"저 아래쪽 역내로 가면 오렌지 특급 열차가 있어." 그가 말했다.

"지랄 맞게 추운 날이죠." 내가 말했다.

"10분 안에 떠날 거야." 그가 말했다.

그게 전부였다. 더 이상 말을 붙여볼 수도 없었다. 오렌지 특급 열차가 출발할 때 나는 냉동 상자 안에 있었다. 아침이 되기 전에 발에 동상이 걸릴 것 같았다. 래러미에 들어서기 20마일 전부터 승강구에 서서 발을 구르고 있었다. 눈이 너무 쏟아져서 제동수가 나를 보지 못했고, 봤다 한들 상관없었다.

래러미에서 뜨거운 아침을 먹기 위해 25센트를 냈다. 그리고 바로 록키 산맥을 통과하는 횡단 열차의 깜깜이 차량에 올랐다. 낮에도 아무도 타지 않을 화물차였다. 아무리 냉정한 제동수라도 이렇게 눈이 퍼붓는 록키 산맥 꼭대기에서 나를 쫓아내진 않으리라. 그리고 그들은 그러지 않았다. 그들은 열차가 설 때마다 내가 얼어 죽지 않았는지 보러 오곤 했다.

높이가 얼마나 되는지 잊었지만 록키 산의 정상에 있는 에임스 기념비에서 마지막으로 제동수가 보러 왔다.

"이봐, 친구. 우리가 지나가는 저기 지선에 있는 화물열차 보이지?"

보였다. 2미터쯤 떨어져 있는 선로에 있었다. 이런 눈보라에 조금만 더 멀리 있었으면 안 보였을 것이다.

"떠돌이 패거리 켈리 부대가 저기 한 차량에 타고 있어. 바닥에 짚이 50센티미터는 깔려 있고 사람도 많으니 저 차량이 따뜻할 거야."

그의 충고가 그럴듯했기에 그의 말을 따르기로 했다. 하지만 제동수가 '사기'를 쳤을 때를 대비해 횡단 열차가 출발할 때 깜깜이 차량을 잡을 준비도 해두었다. 하지만 진짜 사실이었다. 환기를 위해 문을 활짝 열어둔 커다란 냉동 차량이었다. 차량에 올라 안으로 들어갔다. 나는 누군가의 발을 밟았고, 다시 누군가의 팔을 밟았다. 어두워서 팔과 다리와 몸통이 서로 엉겨 있는 것만 간신히 알아볼 수 있었다. 이렇게 사람들이 엉겨져 있는 것은 처음 보았다. 모두 짚 더미 속에 위, 아래, 옆으로 포개져 누워 있었다. 이 거친 84명의 호보들이 몸을 뻗으려면 더 많은 공간이 있어야 한다. 내게 밟힌 사람이 화를 냈다. 내 아래 있는 몸들이 파도처럼 움직이자 나는 본의 아니게 앞쪽으로 밀려갔다. 밟아도 되는 짚을 찾을 수 없어 나는 계속 사람들을 밟았다. 화가 난 사람들이 점점 늘어났고 나는 점점 앞으로 밀려갔다. 발을 헛디뎌 갑자기 엉덩방아를 찧었는데 재수 없게도 누군가의 머리 위였다. 화가 난 그가 벌떡 일어나는 바람에 나는 공중으로 튕겨 나갔다. 공중에 올라간 것은 떨어지기 마련이고 나는 또 다른 이의 머리 위로 떨어졌다.

그다음에 있었던 일은 기억이 희미하다. 탈곡기에 들어갔다 나온 기분이었다. 나는 차량의 이 끝에서 저 끝으로 옮겨졌다. 84명의 호보들이 나를 체로 걸러냈고 마침내 기적적으로 내 몸뚱이 일부가 들어갈 만한 약간의 짚을 발견했다. 나는 그제야 이 유쾌한 무리에 속하게 되었다. 열차는 하루 종일 눈보라 속을 달렸다. 시간을 보내기 위해 각자 이야기를 하나씩 하기로 했다. 모든 이야기가 멋있고 처음 들어보는 이야기여야 했다. 그러지 못하면 탈곡기 벌칙을 받았다. 이야기는 다 좋았다. 살면서 그렇게 굉장한 이야기들을 끝도 없이 들어본 것은 처음이라고 이 자리에서 밝히고 싶다. 세계 각국에서 온 84명의 이들이 있었다. 나까지 하면 85명이었다. 그리고 각자 최고의 작품들을 풀어놓았다. 최고의 작품이냐 탈곡기 벌칙이냐였기 때문이다.

오후 늦게 샤이엔에 도착했다. 눈보라는 최고조였고 우리 모두 아침밖에 먹지 못했지만 아무도 음식을 얻으러 나서지 않았다. 그리고 밤새 덜컹대며 눈보라 속을 달려 다음 날 아직 기복은 있지만 따듯한 네브래스카 평야에 이르렀다. 눈보라와 산맥은 빠져나왔다. 미소 짓는 대지 위에 축복받은 태양이 비추고 있었다. 우리는 24시간 동안 아무것도 먹지 못한 상태였다. 열차가 정오쯤, 내 기억이 맞다면, 그랜드아일랜드라는 도시에 도착할 예정이었다.

우리는 의견을 모아 시 당국에 전보를 보내기로 했다. 그 내용은 85명의 건장하고 굶주린 호보들이 정오쯤 도착할 예정이니 식사를 준비하는 것이 좋을 것 같다라는 것이었다. 그랜드아일랜드시 당국이 할 수 있는 일은 두 가지뿐이었다. 우리를 먹이든지 감옥에 처넣든지였다. 감옥에 처넣어도 어쨌든 먹여야 했다. 그래서 그들은 한 끼를 먹이는 게 더 싼 방법이라는 현명한 결정을 했다.

열차는 정오에 그랜드아일랜드로 들어섰고 우리 떠돌이들은 햇빛을 즐기며 열차 지붕 위에 앉아 다리를 흔들고 있었다. 그 지역 경찰관들이 모두 나와 환영 행렬에 참석했다. 우리는 소규모 집단으로 나뉘어 식사가 차려져 있는 여러 호텔과 식당까지 일렬로 행진했다. 우리는 36시간이나 굶은 상태였고 우리가 할 일을 알고 있었다. 식사가 끝나고 기차역으로 다시 일렬로 행진해 돌아왔다. 경찰은 세심하게도 화물열차를 우리를 위해 잡아두었다. 열차가 천천히 출발했고 철로를 따라 늘어선 우리 85명은 떼를 지어 보조사다리에 올라탔다. 우리는 열차를 '점령했다.'

그날 저녁은 걸렀다. 적어도 이 패거리들은 그랬지만 나는 먹었다. 저녁때 열차가 한 작은 도시를 출발하려는데 한 남자가 나와 다른 선수들이 페드로 카드 게임을 하고 있는 차량에 올라탔다. 남자의 셔츠가 불룩한 것이 수상했다. 손에는 김이 나는 찌그러진 컵을 들고 있었다. 자바 커피 냄새가 났다. 나는 양해를 구하고 카드를 옆에서 보고 있는 선수에게 넘겼다. 부러워하는 시선을 느끼며 차량 구석에 앉아 막 올라탄 남자와 같이 커피와 그의 셔츠에 숨겨진 수확물을 나눠 먹었다. 그는 그 스웨덴인이었다.

그날 밤 10시쯤 우리는 오마하에 도착했다.

"패거리들과 찢어지자." 스웨덴인이 말했다.

"그러지." 내가 대답했다.

화물열차가 오마하에 들어서자 우리는 뛸 준비를 했다. 하지만 오마하 사람들도 준비 중이었다. 우리는 차량 옆 사다리에 매달려 뛰어내릴 준비를 했다. 하지만 화물차는 멈추지 않았다. 게다가 빛을 받아 번쩍이는 황금 버튼과 훈장을 단 경찰들이 철로 양쪽으로 길게 늘어서 있었다. 그들 품으로 떨어지면 어떤 일이 벌어질지 예상이 갔다. 우리는 열차가 미주리강에서 카운실블러프스까지 달리는 동안 사다리에 붙어 있었다.

켈리 장군과 2천 명의 호보 부대는 몇 마일 떨어진 셔터쿼 공원에 진을 치고 있었다. 우리와 같이 있던 호보들은 켈리 장군의 후방 부대로 카운실블러프스에서 내려 본부대를 향해 행진했다. 밤이 되자 추워지고 거센 비바람과 한기에 몸이 축축하고 떨려왔다. 수많은 경찰들이 우리를 감시하며 켈리 부대 본진까지 호위했다. 스웨덴인과 나는 기회를 보다가 빠져나오는 데 성공했다.

비가 억수같이 쏟아지고 어두워서 바로 앞에 있는 손도 보이지 않을 정도였다. 한 쌍의 장님들처럼 더듬거려 쉴 곳을 찾았다. 본능이 도와 바로 술집을 찾아냈다. 문을 열고 영업 중인 술집도 아니고, 밤이라 닫은 술집도 아니고, 정해진 주소지가 있는 술집도 아니었다. 밑에는 바퀴가 있고 커다란 통나무로 받친 이동식 술집이었다. 술집 문은 닫혀 있었다. 비바람이 몰아쳐 우리는 주저하지 않았다. 문을 부수고 안으로 들어갔다.

살면서 지독한 곳에서 잠을 잔 적도 여러 번 있었다. 지옥 같은 대도시에서 노숙을 한 적도, 물구덩이에 누워 본 적도, 온도계가 영하 18도를 가리킬 때(그것도 영하 40도의 혹한에 비하면 약과지만) 눈 속에서 담요 두 개를 덮고 누워 잔 적도 있었다. 하지만 여기 카운실블러프스의 이동 술집에서 스웨덴인과 보냈던 밤만큼 지독하고 끔찍한 잠자리는 없었다고 이 자리에서 말하고 싶다. 첫째로 건물이 공중에 떠 있지만, 바닥이 여기저기 뚫려 있어 바람이 쌩쌩 들어왔다. 둘째는 바가 텅 비어 있었다. 몸을 데워주고 우리의 비참함을 달래줄 독주 한 병 없었다. 우리는 담요도 없었다. 옷과 몸이 흠뻑 젖은 채 잠들려고 애를 썼다. 나는 바 밑으로 굴러들어 갔고, 스웨덴인은 탁자 밑으로 굴러들어 갔다. 바닥에 난 구멍과 틈 때문에 그것조차 불가능했다. 30분쯤 지나자 나는 바 위로 기어올라 갔다. 잠시 후에는 스웨덴인이 탁자 위로 기어올라 갔다.

그리고 거기서 몸을 떨면서 날이 밝기만을 기도했다. 떨리던 근육이 고통스럽게 마비되어 더는 떨 수 없을 때까지 부들부들 떨었다. 스웨덴인은 끙끙대며 신음했다. 이를 딱딱 부딪치면서 사이사이 “다시는, 내가 다시는”이라고 웅얼거렸다. 그는 이 말을 반복해서 쉬지 않고 수천 번은 내뱉었다. 꾸벅꾸벅 졸면서도 이 말을 웅얼거리며 잠들었다.

어슴푸레 날이 밝아오자 우리는 고통의 집을 나왔다. 밖에는 으스스한 안개가 짙게 깔려 있었다. 우리는 힘들게 비틀대며 간신히 철로까지 갔다. 나는 오마하로 돌아가 아침을 구해볼 생각이었고 내 친구는 시카고까지 계속 가겠다고 했다. 헤어져야 할 시간이었다. 얼어서 마비된 손을 서로에게 내밀었다. 우리 둘 다 아직도 떨고 있었다. 뭔가를 말하려고 했으나 이가 부딪혀 말이 나오지 않았다. 우리는 세상에서 내쳐져 거기 외롭게 서 있었다. 우리 앞에 보이는 건 앞뒤로 안개 속으로 사라져 버린 짧은 철로뿐이었다. 우리는 말없이 서로를 보았고 안쓰러움에 손을 맞잡고 흔들었다. 스웨덴인의 얼굴은 새파랗게 얼어 있었고 내 얼굴도 그랬을 것이다.

“뭐가 ‘다시는’이야?” 간신히 입을 떼었다.

목구멍으로 말을 뱉기 위해 애를 쓰다가 그의 얼어붙은 영혼의 바닥을 긁어 나온 작고 가냘픈 소리는 이랬다.

“다시는 호보가 되지 않겠다고.”

그는 멈췄다. 그리고 다시 입을 열었을 때 그의 목소리는 의지를 보이는 것처럼 크고 잠겨 있었다.

"다시는 호보가 되지 않겠어. 일자리를 구할 거야. 너도 그러는 게 좋을 거야. 이렇게 밤을 보내다간 류머티즘이나 걸리기 십상이야."

그가 내 손을 꼭 쥐었다.

"잘 가, 친구." 그가 말했다.

"잘 가, 친구." 내가 말했다.

그리고 우리는 각자 안개 속으로 들어가 사라졌다. 이것이 우리의 마지막 인연이었다. 스웨덴 친구여, 어디 있든 인사를 전하네. 자네가 일자리를 찾았길 바라네.

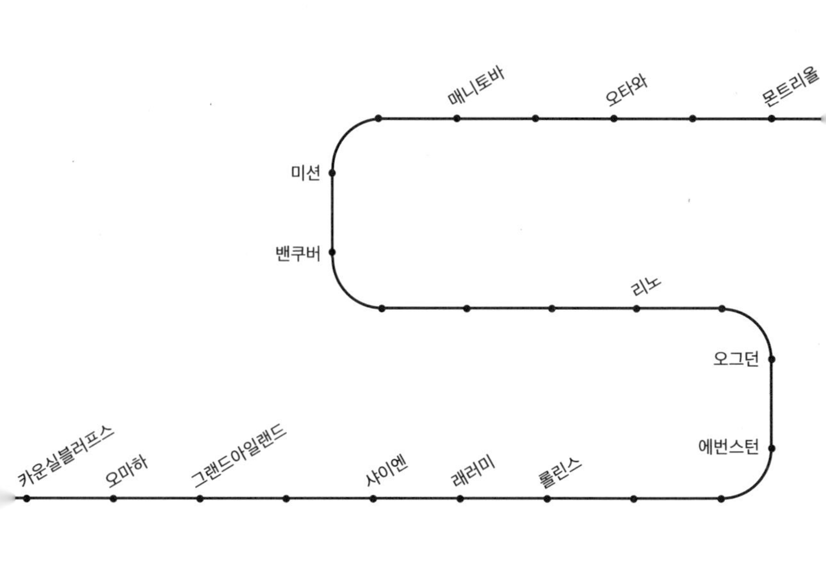

매니토바
오타와
몬트리올
미션
밴쿠버
리노
오그던
에번스턴
카운실블러프스
오마하
그랜드아일랜드
샤이엔
래러미
롤린스

7. 부랑아와 풋내기

가끔 우아한 문구로 내 삶을 소개한 신문이나 잡지, 연대기들을 읽어보면 내가 사회학 연구를 위해 떠돌이가 되었다고 한다. 전기 작가들의 사려 깊은 친절함 때문이겠지만 사실이 아니다. 내가 떠돌이가 된 것은, 글쎄 쉬게 두지 않는 내 안의 생명력과 내 핏속을 흐르는 방랑벽 때문이었다. 물에 빠지면 피부가 젖는 것처럼 사회학은 단지 부차적이었다. 추후에 따라온 것일 뿐이다. 벗어날 수 없기에 나는 '길'에 나섰다. 주머니에 기차표를 살 돈이 없었기 때문에, 평생 한 가지 일만 반복하며 살 수 없게 태어났기 때문에, 글쎄 아마도 내게는 길이 더 쉬웠기 때문이리라.

내가 열여섯 때 고향 오클랜드에서의 일이다. 당시 나는 폐쇄적인 투기꾼 무리에서 굴 해적 왕자라는 화려한 평판을 얻었다. 정직한 항구 선원들, 배에서 장사하는 치들, 요트 소유주들, 합법적인 굴 양식자들처럼 우리 패거리 밖의 이들은 나를 불량배, 깡패, 부랑자, 도둑놈, 강도라고 했다. 그 다양한 호칭들이 좋은 것은 아니었지만 어쨌든 인정받고 있다는 것이고, 내가 앉아 있는 높은 왕좌에 짜릿함을 더해주었다. 당시 나는 《실낙원》을 읽지는 않았지만, 나중에 '천국에 굴복하느니 지옥을 지배하겠다'라는 밀턴의 구절을 읽고는 위대한 정신은 통한다는 확신이 들었다.

그때쯤 일련의 우연한 사건들 때문에 처음으로 길에 나서게 되었다. 때마침 훔칠 만한 굴도 없었다. 40마일 떨어진 베니시아에서 내가 원했던 담요도 얻었다. 베니시아에서 몇 마일 떨어진 포트코스타에 도둑맞은 배가 정박해 있었는데 순찰관의 관리 아래 있었다. 그 배는 디니 맥크리라는 내 친구 배였다. 내 또 다른 친구인 위스키 밥이 배를 훔쳐 포트코스타에 버리고 간 것이다. (불쌍한 위스키 밥! 지난 겨울 그의 시신이 해변에서 발견되었다. 누가 쐈는지는 밝혀지지 않았지만 몸에 온통 구멍이 나 있었다.) 나는 상류 쪽에서 막 내려온 참이라 디니 맥크리에게 그의 배의 위치를 알려주었다. 디니는 내가 배를 오클랜드까지 끌고 와주면 10달러를 주겠다고 했다.

주어진 시간이 문제였다. 나처럼 놀고 있는 굴 도둑인 그리스인 니키와 부두에 앉아 의논을 했다. "가자." 내가 말하자 니키는 따라왔다. 니키는 땡전 한 푼 없었고 나는 50센트와 작은 보트를 가지고 있었다. 돈을 탈탈 털어 배에 실을 크래커, 옥수수 소고기 통조림, 10센트짜리 프랑스산 겨자 소스 한 병을 샀다. 그날 오후 늦게 우리의 작은 돛을 올리고 출발했다. 밤새 항해를 해서 다음 날 아침, 항해 중에 처음 만나는 환상적인 조류와 순풍을 타고 전속력으로 카르퀴네즈 해협을 통과해 포트코스타에 도착했다. 부두에서 채 7미터도 안 떨어진 곳에 도둑맞은 배가 있었다. 우리는 뱃전에 나가 돛을 감았다. 니키를 그 배로 보내 닻을 올리게 하고 나는 밧줄을 풀기 시작했다.

한 남자가 부두에서 뛰어오며 소리쳤다. 순찰관이었다. 그때서야 디니 맥크리에게 인수허가증을 받아오지 않았다는 것이 생각났다. 또 순찰관이 위스키 밥에게 배를 찾아준 대가으로 최소 25달러는 요구할 것이다. 나는 급히 니키 쪽을 보았다. 니키는 닻을 올렸다 내렸다 하며 낑낑대고 있었다. "닻을 올려." 나는 니키에게 속삭이고 순찰관을 향해 소리를 질러댔다. 결국 순찰관과 나는 동시에 말을 쏟아내 우리가 뱉은 말이 중간에서 부딪혀 누가 무슨 말을 하는지도 알 수 없게 되었다.

순찰관은 점점 강압적으로 굴었고 나는 그의 말을 들을 수밖에 없었다. 니키는 혈관이 터져나가도록 닻을 끌어올리고 있었다. 순찰관이 갖은 협박과 경고를 끝내자 나는 그가 누구냐고 물었다. 그가 나를 상대하는 동안 마침내 닻이 올라왔다. 나는 재빨리 머리를 굴렸다. 순찰관의 발밑에 부두에서 물로 내려가는 사다리가 있고 사다리 끝에 보트가 하나 매어져 있었다. 노가 배 안에 있는데 자물쇠로 채워져 있다. 나는 자물쇠에 모든 걸 걸기로 했다. 뺨에 미풍이 느껴졌다. 조류의 흐름과 남아 있는 밧줄, 묶인 돛을 점검했다. 마룻줄에서 선대까지 훑어보고 준비됐다는 것을 확인했다. 그리고 본색을 드러냈다.

"돛을 펼쳐!" 니키에게 소리치고 돛으로 뛰어가 밧줄을 풀었다. 그리고 밧줄을 전문적인 매듭 대신 풀리기 쉬운 매듭으로 묶은 나의 영웅 위스키 밥에게 감사했다.

순찰관은 사다리로 내려와 자물쇠 열쇠를 더듬어 찾고 있었다. 돛이 펼쳐졌고 마지막 밧줄 매듭이 풀린 동시에 순찰관이 자물쇠를 열고 노로 달려갔다.

"마룻줄을 끝까지 풀어." 나는 내 선원에게 명령하고 마룻줄을 걸러 달려갔다. 돛이 올라가고 배가 나가기 시작했다. 나는 밧줄을 감아 매고 배 후미의 키를 잡으러 뛰었다.

"돛을 펼쳐!" 돛이 끝까지 올라가자 니키에게 소리쳤다. 순찰관이 우리 선미까지 따라붙었다. 바람이 세게 불어와 우리 배가 튀어 나갔다. 끝내줬다. 해적기라도 가지고 있었다면 승리를 축하하며 깃발을 올렸을 것이다. 순찰관이 보트에 서서 온갖 상소리를 해대며 우리의 승리를 불길하게 하고 있었다. 그는 총까지 쏘고 있었다. 그건 우리가 거쳐야 할 또 하나의 도박이었다.

어쨌건 우리는 배를 훔친 게 아니었다. 배는 순찰관의 것이 아니었다. 우리는 그가 받을 보상금을 훔친 것이지만 그건 부당 이득이었다. 그리고 우리는 우리 수수료 때문이 아니라 내 친구 디니 맥크리를 위해 훔친 것이다.

얼마 되지 않아 우리는 베니시아에 도착했고, 다시 얼마 되지 않아 내 담요를 싣고 배를 몰아 증기선 부두의 한쪽 끝까지 내려갔다. 거기서는 누가 우리를 쫓아오는지를 볼 수 있다. 알 수 없었다. 포트코스타에서 베니시아 순찰관에게 전화를 할 수도 있다. 니키와 나는 대책 회의를 했다. 따듯한 태양과 뺨을 스치는 상쾌한 바람을 느끼며 우리는 갑판에 누워 있었다. 파도가 잔잔하게 출렁이며 소용돌이치고 있었다. 썰물이 빠져나가기 시작하는 오후가 되어야 오클랜드로 출발할 수 있다. 하지만 썰물이 시작될 때 순찰관이 카르퀴네즈 해협을 감시하고 있을 것 같은 생각이 들었다. 그래서 새벽 2시의 다음 썰물 때를 기다리기로 했다. 어둠을 틈타 지옥의 문지기를 따돌릴 수밖에 없었다.

우리는 담배를 피우며 갑판에 누워 우리가 살아 있다는 사실을 만끽했다. 나는 배 옆 바다로 침을 뱉어 조류의 속도를 쟀다.

"이 바람을 타고 가면 바로 리오비스타까지 닿을 거

야." 내가 말했다.

"리오비스타는 한창때지." 니키가 말했다.

"그리고 강물이 빠질 때가 일 년 중 새크라멘토가 가장 좋은 때야."

우리는 일어나서 서로를 보았다. 멋진 서풍이 포도주처럼 우리에게 쏟아지고 있었다. 우리 둘 다 배 옆으로 침을 뱉어 조류를 가늠했다. 지금에야 하는 말이지만 모두 조류와 순풍 탓이었다. 조류와 바람이 뱃사람의 본능을 자극했다. 그렇지 않았으면 우리를 길에 나서게 한 일련의 사건들이 연결되지 않았을 것이다.

우리는 아무 말없이 닻을 걷고 돛을 올렸다. 새크라멘토강을 따라 올라간 우리의 모험에 관한 이야기는 아니다. 우리는 새크라멘토시에 도착해서 부두에 배를 정박시켰다. 물이 깨끗해서 우리는 내내 수영을 하면서 시간을 보냈다. 철교 위쪽 모래톱에서 우리처럼 수영을 하고 있던 한 무리의 아이들과 강으로 다이빙을 했다. 잠깐잠깐 둑에 누워 이야기를 나누기도 했다. 아이들은 내가 알던 빈민 아이들과 쓰는 말이 달랐다. 새로운 은어였다. 아이들은 부랑아들이었고 그들이 내뱉는 단어 단어가 나를 강하게 사로잡았다.

"내가 앨라배마로 내려갈 때," 한 아이가 시작하면 다른 아이가 "K. C.[*]에서 C. & A.[**]로 내려오면…." 그러면 세 번째 아이가 "C. & A. 깜깜이에는 계단이 없어"라고 했다. 나는 모래에 누워 가만히 듣기만 했다. "오하이오주 오대호 쪽에 있는 작은 도시와 미시간 남부에서 있었던 일인데…." 한 아이가 시작하면 다른 아이가 받았다. "워배시에서 캐논볼[***] 타봤어?" 그럼 다른 아이가 "한 번도. 근데 시카고에서 나올 때 화이트 우편차는 탄 적 있어"라고 했다.

"펜실베이니아에서 물탱크도 없는 복선 열차를 타고 물에 잠겨본 적이 없으면 기차 얘기도 하지 마. 정말 굉장해." "지금 북태평양 철도는 너무 끔찍해." "살리나스는 증기기관차가 지나가. 역 경찰들이 적대적이야." "엘파소에서 검둥이 꼬마랑 같이 체포됐어." "구호품에 대해 말하자면 몬트리올 밖의 불어권 지역을 노려야 해. 영어는 한마디도 하지 말고." "'먹을 거, 부인, 먹을 거. 불어 못해'. 그리고 배를 문지르면서 배고픈 시늉을 해. 그럼 베이컨 조각이나 육포 쪼가리를 얻을 수 있을 거야."

나는 계속 모래밭에 누워 이야기를 들었다. 이 방랑자

---

* 캔자스시티 남부 철도. 미국 중서부 및 남동부를 운행한다.

** 시카고와 일리노이주 알톤을 연결하는 철도

*** 아주 빠른 급행열차를 말한다. 주로 우편물 차량이나 승객을 실은 객차였다.

들은 굴 도둑질을 하는 나를 싸구려로 만들었다. 그들이 하는 한마디 한마디가 나를 새로운 세계로 이끌고 있었다. 기차와 뱃전의 세계, 깜깜이 화물차와 유개화차, 경찰과 제동수, 잠자리와 씹는 담배, 체포와 탈출, 급소 치기와 떠돌이 봇짐, 풋내기와 선수의 세계. 이 모두가 모험을 말하고 있었다. 좋아. 이 새로운 세계에 뛰어들자. 나는 이 부랑아들을 따라 한패가 되었다. 나는 그들 중 누구보다 강하고 재빠르고 대담하고 머리가 좋았다.

저녁이 되자 수영을 마친 그들은 옷을 걸쳐 입고 시내로 나갔다. 나도 따라갔다. 그들은 중심가에서 잔돈푼을 구걸하기 시작했다. 나는 한 번도 구걸해본 적이 없었다. 처음 길에 나섰을 때 구걸이 가장 적응하기 힘들었다. 나는 구걸에 대해 어리석은 개념을 가지고 있었다. 그때까지 내 철학은 동냥질보다 도둑질이 낫다였다. 도둑질이 더 위험하고 처벌이 무거웠기 때문이다. 법적으로 나는 벌써 굴 도둑질로 유죄였고, 법에 따르자면 주교도소에서 수천 년은 살아야 했다. 약탈은 남자답지만 구걸은 더럽고 비천한 일이었다. 하지만 시간이 지나자 점차 적응해갔고 구걸을 재미있는 장난, 재치 게임, 정신 훈련 정도로 보게 되었다.

하지만 첫날 밤엔 거기까지 가진 않았다. 결과적으로

아이들이 식당에서 사 먹을 돈이 생겼을 때도 나는 한 푼도 없었다. 꼬마 미니란 아이가 돈을 내주어 같이 먹었다. 먹으면서 곰곰이 따져보았다. 얻어먹는 것은 구걸한 것을 도둑질하는 것만큼이나 나쁘다고 할 수 있다. 꼬마 미니가 구걸을 했고, 나는 그 이익을 챙겼다. 다시는 그러지 않을 것이다. 그리고 그러지 않았다. 다음 날 바로 구걸에 나서 이를 증명했다.

그리스인 니키는 길에 나서고 싶은 야심이 없었다. 그는 구걸에 실패하고 배에서 하룻밤을 보낸 뒤 강을 따라 샌프란시스코로 갔다. 불과 일주일 전 권투 시합장에서 그를 만났다. 그는 성공했다. 맨 앞 귀빈석에 앉아 있었다. 그는 시합의 우승자를 영입했고 이를 자랑스럽게 여겼다. 사실 소규모의 지역 스포츠 업계에선 빛나는 별이었다.

"'언덕'을 넘지 않고는 길 위의 삶이라고 하지 마라." 이것이 새크라멘토에서 말하는 길의 법칙이었다. 좋다. 나도 '언덕'을 넘어 일원이 되어야지. 여기서 '언덕'이란 시에라네바다를 말한다. 우리 무리는 모두 소풍이라도 가듯 언덕을 넘으러 출발했고 물론 나도 이를 따랐다. 프랑스 꼬마에게도 길에서의 첫 번째 모험이었다. 바로 얼마 전 샌프란시스코 가족들한테 도망쳐 나온 아이였다. 성공하냐 마냐는 우리에게 달려 있다. 바로 '왕자'라는 내 오랜 직위는 사라지고 닉네임을 받았다. 나는 '꼬마 선원'이었다. 후에 록키 산맥을 넘어가서는 '샌프란시스코 꼬마'로 불렸다. 내 고향이 록키 산맥 너머 있었기 때문이었다.

밤 10시 20분. 센트럴 퍼시픽 횡단 열차가 새크라멘토역을 빠져나와 동부로 출발했다. 그날의 열차 시간표 세부 항목까지 기억이 또렷이 난다. 우리는 열둘쯤 되었고, 기차 잡을 준비를 하며 기차 앞쪽 어둠 속에 늘어서 있었다. 그 지역의 모든 부랑아들이 우리가 쫓겨나는 걸 보려고 나와 있었다. 할 수 있으면 우리가 기차를 놓치게 하려고 했다. 장난이라고 생각했고 그런 짓을 하려는 이들도 고작 40여 명이었다. 대장은 크랙커잭 밥이라는 부랑아였다. 새크라멘토가 고향이었지만 전국을 돌며 길에서의 생활을 아주 잘 해왔던 아이였다. 그는 프랑스 꼬마와 나를 한쪽으로 데려가 "우리는 너희 무리가 기차를 잡지 못하게 할 거야, 알지? 너희는 약골이야. 나머지 아이들은 알아서 할 수 있어. 그러니 너희 둘은 깜깜이를 잡아 지붕으로 올라가. 그리고 로즈빌 환승역을 지날 때까지 거기 있어. 그 지역 순찰관들은 깐깐해서 보이는 족족 잡아넣을 거야."

엔진 소리를 울리며 기차가 출발했다. 그 기차에는 깜

깜이 화물 차량이 셋 있었는데 그 정도면 우리 모두 들어갈 수 있었다. 기차를 잡아타려는 우리 열둘은 소리 없이 부드럽게 올라타기를 바랐으나 우리 40명의 친구들이 어처구니없게도 대놓고 동네방네 떠들며 모여들었다. 밥의 충고대로 나는 바로 우편 차량 하나의 지붕으로 올라갔다. 거기 누워 비정상적으로 뛰는 심장 박동을 느끼며 떠들썩한 소리들을 듣고 있었다. 역 승무원들이 모두 몰려와 빠르고 거칠게 아이들을 하차시켰다. 열차는 반 마일을 달리다 멈췄고 승무원들이 다시 나와 남은 아이들을 기차에서 떼어냈다. 나 혼자만 기차 타기에 성공했다.

역에서 프랑스 꼬마는 두 다리가 떨어져 나갔고 부랑아들 두서넛이 그 사고를 목격했다. 프랑스 꼬마는 미끄러지거나 넘어졌고, 그게 끝이었다. 기차 바퀴가 그 위로 지나갔다. 이런 것이 내가 길에 나서기 위해 겪은 일종의 신고식이었다. 2년 후에야 그를 다시 보았는데 나는 그의 잘린 다리를 자세히 살펴보았다. 그게 그를 대우하는 방식이다. 불구자들은 항상 잘린 부위를 자세히 봐주는 것을 좋아한다. 길에서 만나는 재미있는 구경거리 중의 하나가 불구자 둘이 만나는 것이다. 그들이 지닌 공통의 장애가 풍부한 이야깃거리가 된다. 그들은 어떻게 사고를 당했는지를 얘기하고, 절단하면서 있었던 일들을 모두 털어놓고, 절단한 의사들을 욕하고, 한쪽으로 물러나 붕대나 헝겊을 풀러 서로의 상처를 비교한다.

내가 프랑스 꼬마의 사고를 알게 된 건 며칠 지나지 않아 네바다를 지나고 있을 때 부랑자 하나를 만나서였다. 그 부랑자도 상태가 좋지 않았다. 눈사태 방지 시설을 지나다 열차 사고를 당했다. 이 행복한 조라는 부랑자는 두 다리가 으스러져 목발을 짚고 있었다. 다른 부위도 온통 상처와 멍투성이였다.

그때 나는 우편 차량 지붕 위에 누워 밥이 경고한 로즈빌 역이 첫 번째 역인지 두 번째 역인지를 기억하려고 애쓰고 있었다. 안전을 기하기 위해 두 번째 역을 지날 때까지는 차량 위에서 내려오지 않았다. 그리고 한참을 더 기다렸다. 이런 모험은 처음이라 그냥 있는 것이 더 안전한 것 같았다. 하지만 나는 그 부랑자에게 내가 밤새 지붕에 붙어 시에라네바다 산맥과 눈사태 방지 시설, 터널을 통과해 아침 7시에 반대쪽으로 트러키에 내렸다는 얘기는 하지 않았다. 수치스러운 일이었고 모두에게 놀림거리가 될 것이었다. 그에게 '언덕'을 처음 넘었단 사실을 고백했고 부랑자는 내가 썩 잘했다고 인정했다. 다시 언덕을 넘어 새크라멘토로 돌아왔을 때 나는 어엿한 떠돌이가 되어 있었다.

아직 배워야 할 게 많았다. 밥은 나의 스승이었고, 그가 옳았다. 어느 날 저녁 싸우다 모자를 잃어버렸다. (새크라멘토에서 멋진 시간을 보내고 있을 때였다. 우리는 집집을 돌아다니며 즐겁게 지내고 있었다.) 나는 모자도 쓰지 않고 길거리에 있었는데 나를 구해준 것은 밥이었다. 그는 부랑아 무리에서 나를 한쪽으로 데려가 어떻게 해야 하는지를 알려주었다. 나는 그의 충고에 약간 겁을 먹었다. 나는 3일간 갇혀 있다 구치소에서 막 나온 참이었다. 경찰에 다시 체포되면 오랫동안 있어야 할 터였다. 그렇지만 겁쟁이로 보일 순 없었다. 나는 언덕을 넘었고 어엿한 부랑아들의 일원이 되어 있었다. 그 일을 해내느냐 마냐는 내게 달려 있다. 나는 밥의 충고를 받아들였고, 그는 내가 제대로 해내는지 보기 위해 나를 따라왔다.

우리는 5번가 끝에 있는 K가에 자리를 잡았다. 이른 저녁이라 거리는 사람들로 붐볐다. 밥은 지나가는 중국인들의 모자를 관찰했다. 나는 어떻게 부랑아들이 모두 5달러나 되는 챙이 있는 스테트슨 모자를 쓰고 있는지 궁금했었다. 이제야 그 이유를 알았다. 그들은 중국인들에게 내가 지금 하려는 방법으로 모자를 얻었다. 거리에 사람들이 너무 많아서 긴장했다. 하지만 밥은 얼음처럼 냉정했다. 내가 신경을 곤두세우고 이거다 싶은 중국인 쪽으로 가려고 할 때마다 나를 뒤로 잡아끌었다. 내가 더 좋은 모자, 꼭 맞는 모자를 찾아야 한다고 했다. 크기는 맞지만 새것이 아닌 모자가 지나갔고 뒤이어 쓸 수 없는 열두 개의 모자, 새것이지만 안 맞는 모자가 지나갔다. 밥은 아주 눈이 높았고 나는 머리에 쓸 수만 있으면 어떤 모자라도 낚아챌 태세였다.

드디어 새크라멘토에서 내게 맞는 모자가 다가왔다. 모자를 보자마자 이거다 싶었다. 밥을 힐끗 보았다. 그는 경찰 있는 쪽을 살펴보고는 고개를 끄덕였다. 나는 그 중국인의 머리에서 모자를 벗겨 내 머리에 썼다. 꼭 맞았다. 그리고 뛰기 시작했다. 밥의 목소리가 들려 힐끗 뒤를 돌아보자 그가 화가 난 중국인을 막고 말을 거는 것이 보였다. 나는 계속 달렸다. 모퉁이를 돌고 또 다음 모퉁이를 돌았다. 이제 K가처럼 사람이 많지 않았다. 그제야 나는 숨을 고르고 모자가 생긴 것과 도주에 성공한 것을 만끽하며 천천히 걸었다.

그때 갑자기 뒤쪽 모퉁이에서 모자가 없는 중국인이 나타났다. 두 명의 중국인이 더 있었고 그 뒤에는 대여섯 명의 남자와 아이들이 따라왔다. 나는 다음 모퉁이까지 전속력으로 달렸다. 길을 건너 다음 모퉁이에서 돌았다. 나는 따돌렸다고 생각하고 다시 걷기 시작했다. 하지만 그 끈질긴 중국인이 내가 방금 돌았던 모퉁이에 또 나타났다. 토끼와 거북이의 오래된 이야기 같았다. 그는 나만큼 빠르지는 않았지만, 소리소리 욕을 하느라 헉헉대며 헛디디고 넘어지며 비틀비틀 따라왔다. 이런 버릇없는 짓을 한 놈을 보라고 온 사람들을 불러 모았고, 그 소리를 들은 새크라멘토 주민들의 상당수가 따라왔다. 나는 토끼처럼 달렸지만 그 끈질긴 중국인과 점점 수가 늘어나는 구경꾼들이 몰려왔다. 결국 경찰까지 일행에 합류하자 정신이 아득해졌다. 나는 몸을 틀어 모퉁이를 돌고 직선으로 스무 블록은 더 달렸다. 그리고 나서야 중국인이 다시는 보이지 않았다. 모자는 세련된 새로 산 스테트슨 모자였다. 모든 부랑아들의 부러움을 샀다. 더욱이 모자는 내가 일을 제대로 해낸 상징이기도 했다. 나는 1년 넘게 그 모자를 쓰고 다녔다.

부랑아들은 꽤 괜찮은 녀석들이다. 그들이 혼자 있고, 일이 어떻게 돌아가는지를 당신에게 들려줄 때는 그렇다. 하지만 그들이 패거리로 몰려다닐 때는 조심해야 한다. 그때는 늑대가 되어 아무리 센 사람이라도 질질 끌고 다닐 수 있다. 그럴 때 그들은 두려운 것이 없다. 누군가에게 달려들

때는 마지막 한 올까지 사력을 다해 완전히 나가떨어질 때까지 물고 늘어진다.

그들이 그러는 것을 한 번 이상은 직접 본 적도 있고, 지금 헛소리를 하는 것도 아니다. 그 동기는 항상 약탈이다. 그리고 '급소 치기'를 조심해야 한다. 내가 함께 다녔던 아이들은 모두 '급소 치기'에 능했다. 프랑스 꼬마도 다리를 잃기 전에 이미 그 기술을 배웠다.

지금까지 강렬하게 인상이 남아 있는 장면을 '버드나무'에서 본 적이 있다. 버드나무는 기차역 근처의 수풀이 우거진 공터였고 새크라멘토 중심부에서 걸어서 5분도 안 걸리는 곳이었다. 밤이었고 희미한 별빛만 빛나고 있었다. 건장한 노동자 한 명이 부랑아 무리에게 둘러싸여 있었다. 노동자는 겁도 없이 자신의 힘을 믿고 아이들에게 화를 내며 욕을 해대고 있었다. 80킬로는 넘어 보이는 몸이 좋은 남자였다. 그는 자신이 상대하는 무리를 알지 못했다. 아이들이 소리를 지르고 있었다. 좋은 징조는 아니었다. 아이들이 사방에서 달려들었고, 노동자는 휙 몸을 돌려 빙빙 돌았다. 꼬마 이발사가 그의 옆에 있었다. 노동자가 빙 돌자 아이가 뛰어올라 기술을 썼다. 무릎으로 남자의 등을 가격하고 뒤에서 오른손을 둘러 남자의 목을 감았다. 그리고 손목뼈로 급소를 눌렀다. 꼬마 이발사는 온몸의 무게를 실었다. 치명적인 공격이었고 남자는 숨을 쉴 수도 없었다. 이것이 급소 치기이다.

노동자는 저항했지만 이미 실질적으로는 어떻게도 할 수 없는 상태였다. 아이들이 사방에서 달려들어 노동자의 팔, 다리, 몸통에 달라붙었다. 사슴의 목을 문 늑대처럼 꼬마 이발사는 그에게 매달려 뒤로 끌고 갔다. 남자는 일어서려다 털썩 주저앉았다. 꼬마 이발사는 몸의 자세를 바꿨지만, 그가 도망치게 두지는 않았다. 아이들 몇이 희생자의 몸을 뒤지는 동안 다른 아이들은 그가 발을 쓰거나 몸부림치지 못하게 다리를 잡고 있었다. 더 쉽게 처리하기 위해 신발도 벗겨버렸다. 그는 굴복할 수밖에 없었다. 그는 나가떨어졌다. 또 목의 급소를 맞았기 때문에 숨이 가빴다. 그가 괴상하게 컥컥대자 아이들이 급히 도망쳤다. 아이들은 그를 죽일 생각은 없었다. 끝났다. 말이 떨어지자마자 아이들이 그를 놔주고 순식간에 흩어졌다. 아이 하나가 신발을 챙겼는데 50센트와 신발을 바꿔주는 곳을 알고 있었다. 노동자는 멍하게 힘 하나 없이 앉아서 주위를 둘러보았다. 아무리 그러고 싶어도 어둠 속에서 신발도 없이 아이들을 쫓아가는 것은 불가능했다. 나는 잠시 서성이며 그를 지켜보았다. 남자는 목을 만져보고 마른기침을 하더니 가래를 뱉었다. 그리고 목이 빠졌나 확인이라도 하려는 것처럼 괴상하게 머리를 흔들었다. 나도 거기를 빠져나와 부랑아 패거리와 합류했다. 그리고 그를 다시 보지 못했다. 별빛 아래 심하게 엉망이 된 채 앉아 약간 겁을 먹고 어리둥절해서 머리와 목을 괴상하게 돌리던 남자가 아직도 눈에 선하지만 말이다.

취한 사람은 부랑아들이 특히 좋아하는 먹이이다. 아이들은 취한 사람을 약탈하는 것을 '시체 털기'라고 한다. 어디서든 끊임없이 취한 사람을 찾는다. 파리가 거미의 특별식인 것처럼 취한 사람은 부랑아들의 특별식이다. 시체 털기는 흥미로운 장면이고, 특히 취한 사람이 몸도 못 가누고 반항도 하지 못할 때는 더 그렇다. 처음 뒤질 때는 돈과 보석이 사라진다. 그리고 아이들이 자신들의 먹이 주위에 앉아 일종의 부족 회의를 연다. 한 아이가 취한 사람의 넥타이를 갖고 싶다고 한다. 그럼 넥타이가 벗겨진다. 다른 아이가 내의를 원한다. 그럼 내의를 벗겨 재빨리 칼로 자신의 치수에 맞춰 잘라낸다. 외투와 바지가 아이들에게 너무 크면 친한 호보에게 넘겨지기도 한다. 그리고 마침내 아이들이 사라지면 취한 사람 옆에는 그들이 버리고 간 누더기 조각들만 쌓여 있다.

다른 장면이 떠오른다. 캄캄한 밤이었다. 부랑아 하나와 도시 근교의 보도를 걷고 있었다. 우리 앞 가로등 아래서 한 남자가 비틀대며 거리를 건너고 있었다. 걸을 때 불안하게 흔들리는 듯했다. 우리는 바로 건수 냄새를 맡았다. 남자는 취해 있었다. 그는 맞은편 보도를 가로질러 공터를 통해 지름길로 가려다 어둠 속에서 길을 헤매고 있었다. 우리 일당은 기척을 죽이고 재빨리 사냥감을 쫓아갔다. 근데 공터 중앙에서 뭔가 나타났다. 이게 뭐지? 우리와 먹이 사이에 위협적이고 이상한 존재가 나타났다. 작고 흐릿하지만 위험해 보였다. 다른 부랑아 패거리였다. 그들의 적대적인 태도로 남자가 그들의 먹이라는 것을 알았다. 열두 블록 전부터 남자를 쫓고 있었고 우리가 중간에 끼어든 것이었다. 하지만 여기는 야만적 세계였고 이들은 어린 늑대들이었다. (사실 이들 중에 열두세 살을 넘은 아이는 하나도 없었다. 후에 이들 중 두서넛을 만나 그들이 덴버와 솔트레이크시티 출신으로 언덕을 넘어 그날 막 도착했다는 것을 알게 되었다.) 우리 일당이 먼저 덤볐다. 그 꼬마 늑대들은 새된 비명을 지르며 작은 악마들처럼 덤벼들었다. 취한 남자는 그를 두고 벌이는 소유권 싸움에 격분했다. 그는 싸우는 패거리들 가운데 쓰러졌고, 그리스인과 트로이인이 쓰러진 영웅의 시체와 갑옷을 두고 싸우듯이 우리의 전투는 그의 몸을 놓고 치열했다. 비명과 눈물과 탄식이 난무하는 가운데 꼬마 늑대들이 패했고 우리 일당은 남자를 털었다. 공터에서의 갑작스러운 싸움에 놀라 얼이 빠진 그 불쌍한 술꾼의 표정이 아직도 기억난다. 착하게도 그는 이유는 모르겠지만 떼 지어 싸우는 이들을 말리려고도 했다. 남한테 해를 끼치지도 않은 자신을 수많은 손들이 잡고 끌어내고 눌러대자 그는 정말 상처 입은 표정을 지었다.

'봇짐족'도 부랑아들이 좋아하는 먹이다. 봇짐족은 일하는 떠돌이다. 담요를 말아 가지고 다녔기 때문에 그런 이름이 붙었다. 봇짐족은 일을 하기 때문에 보통 잔돈 정도는 가지고 있기 마련이고, 부랑아들이 노리는 것은 이 잔돈이었다. 봇짐족들을 사냥하기 가장 좋은 장소는 동물 우리, 헛간, 제재소, 역내 등 시의 외곽이고 가장 좋은 때는 그들이 장소를 찾아 담요를 펴고 잠든 밤이다.

'풋내기'들도 부랑아들에게 서러움을 당한다. 더 친숙한 말로 풋내기란 신참이나 초보를 말한다. 풋내기는 성인이거나 어려도 이미 다 자라 길에 새로 나온 이들이다. 반면 길에 나온 부랑아는 아무리 미숙해 보여도 풋내기는 아니다. 부랑아 소년은 이미 어린 호보이다. 경험 많은 선수 호보와 다니면 똘마니라고 한다. 나는 누구에게 속해 있는 똘마니였던 적은 없다. 나는 부랑아였다가 바로 선수가 되었다. 다 커서 시작했기에 똘마니 시기는 건너뛰었다.

샌프란시스코 꼬마에서 선원 잭으로 바뀌는 짧은 기간 동안 똘마니 아니냐는 의심을 받으며 해나갔다. 하지만 나를 의심하던 이들은 서로 알게 되면 바로 생각을 바꿨다. 나는 진정한 선수의 특징과 분위기를 빨리 몸에 익혔다. 알려진 대로 선수는 길의 귀족 계급이다. 그들은 지배자이자 대가이고 무사며 원시 시대의 귀족이고 니체가 사랑했던 금발의 짐승이다.

내가 네바다에서 언덕을 넘어 돌아왔을 때 이미 디니 맥크리의 배는 사라진 후였다. (지금 생각해도 웃기는 것은 그리스인 니키와 내가 오클랜드에서 포트코스타까지 타고 온 배가 어떻게 됐는지 생각나지 않는다는 것이다. 순찰관이 가져가지도 않았고 우리가 새크라멘트강으로 끌고 오지도 않았다는 것만 알겠다. 그 외에는 기억나지 않는다.) 디니 맥크리의 배를 잃어버린 뒤로 나는 더 길에 충성을 바쳤다. 새크라멘토가 지겨워지자, 부랑아 패거리(친절하게도 내가 그 도시를 떠날 때 화물차에서 날 끌어내리려 했던 무리들)에게 작별 인사를 하고 샌와킨 계곡으로 떠났다. 길은 나를 잡고 놓아주지 않았다. 후에 배를 타고 이런저런 일을 겪다 선수와 일류 호보가 되어 더 긴 비행을 하기 위해, 사회학이란 욕조에 더 깊이 몸을 담그기 위해 다시 길로 돌아왔다.

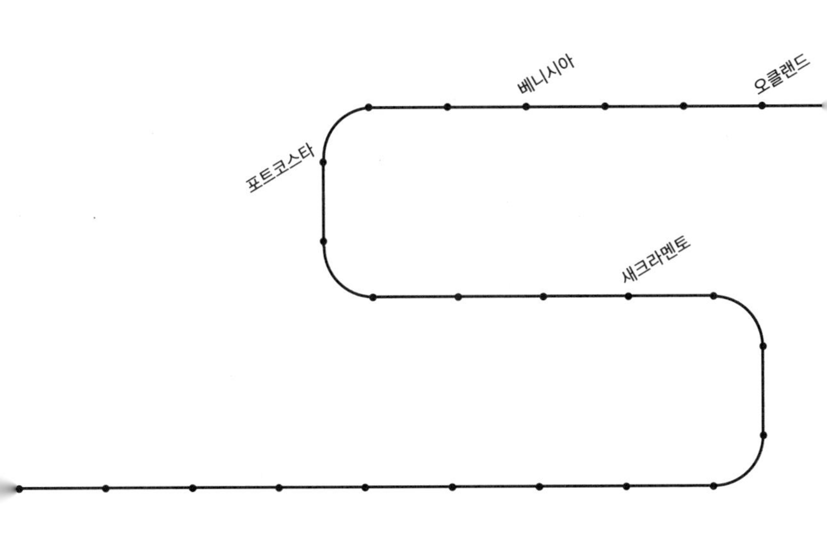
베니시아
오클랜드
포트코스타
새크라멘토

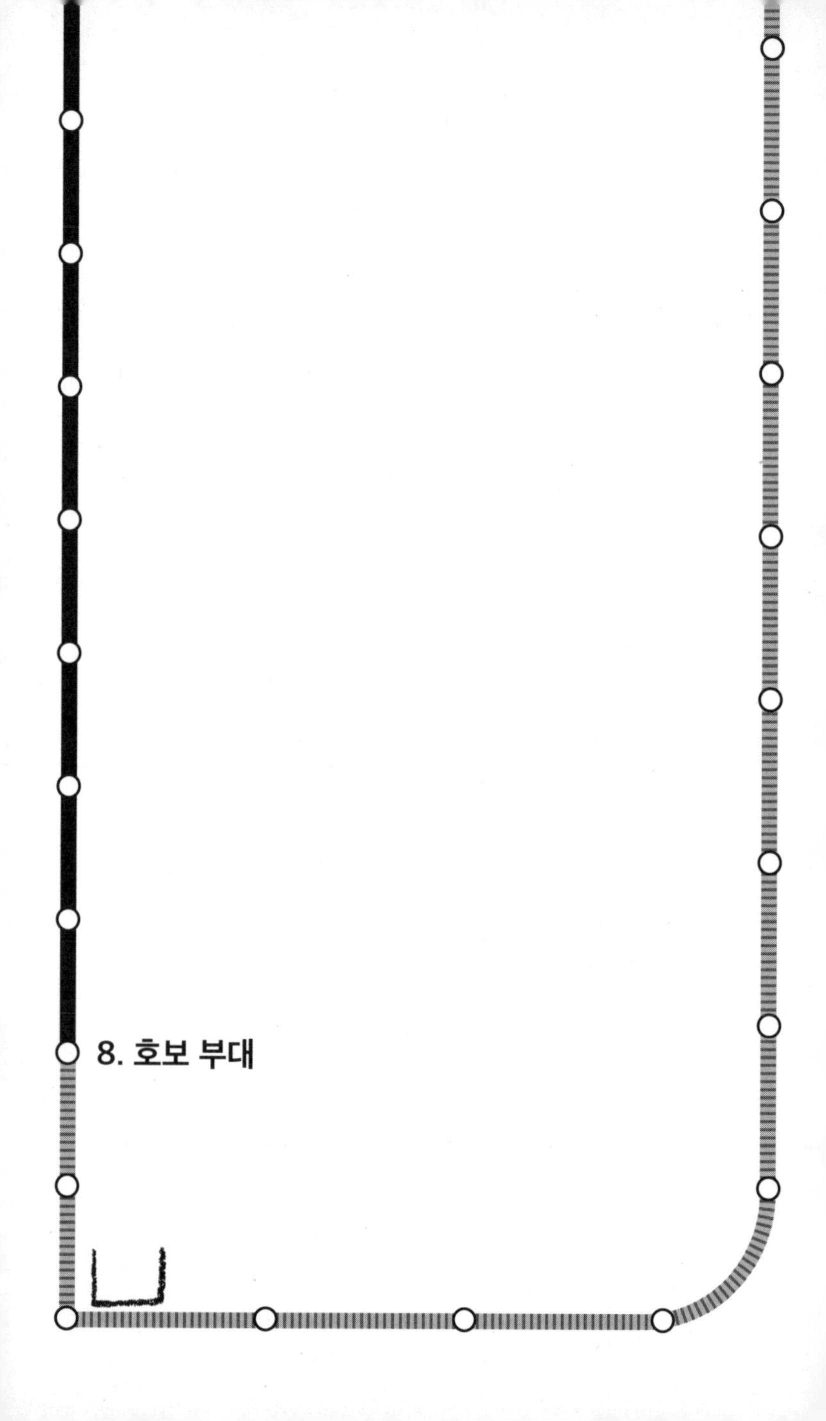

8. 호보 부대

호보란 떠돌이란 말이다. 한번은 2천 명이나 되는 호보 부대와 함께 몇 주간 이동한 적이 있다. 이들은 켈리 부대로 알려져 있다. 켈리 장군과 그의 부하들은 기차를 잡아타고 맑은 캘리포니아를 출발해 황량하고 거친 서부를 가로질렀다. 일부는 미주리주를 지날 때 떨어져 나갔고 나머지는 쇠락한 동부에 맞서며 전진했다. 동부에서는 2천이나 되는 떠돌이들을 공짜로 태워줄 생각은 조금도 없었다. 켈리 부대는 지쳐 카운실블러프스에서 잠시 대기하고 있었다. 출발이 늦어지자 필사적이 된 그들은 기차를 잡기 위해 행군을 시작했다. 행군을 시작한 날, 나는 이들과 합류했다.

그것은 아주 위압적인 광경이었다. 켈리 장군은 깃발을 펄럭이며 군악대의 파이프와 드럼 소리에 맞춰 위풍당당한 검정 군마에 앉아 있었다. 2부대로 나뉜 2천 명의 호보 부대는 장군 앞에서 방향을 틀어 7마일 떨어진 작은 소도시 웨스턴까지 대로로 행진해갔다. 나는 가장 늦게 합류한 신병이라 2부대의 끝 대열에 있었다. 후방 부대의 가장 마지막 줄이었다. 부대는 철로 옆 웨스턴시 캠프에 합류했다. 거기서 철로는 시카고, 밀워키로 가는 길과 록아일랜드로 가는 길로 갈라졌다.

우리는 첫 열차를 잡으려 했으나 철도 관리들이 우리

의도를 내다보고 이를 저지했다 첫 열차는 없었다. 그들은 두 선로를 다 막아 기차 운행을 멈췄다. 그동안 우리는 운행되지 않은 선로에 누워 있었는데 오마하나 카운실블러프스에서 온 선량한 이들은 방법을 찾고 있었다. 폭도로 변해 카운실블러프스에서 기차를 탈취해 여기까지 끌고 올 태세였다. 철도 관리들은 이 역시 내다보고 폭도들을 기다리고 있지만은 않았다. 둘째 날 아침 차량 한 대가 달린 기관차가 역의 지선으로 들어왔다. 막혀버린 철로에 희망의 불씨가 다시 피어올랐다. 부대 전체가 철로 옆에 늘어섰다.

이 교차로에서처럼 막혀버린 철로가 어이없게 살아나는 것을 본 적은 처음이다. 서쪽에서 기관차의 엔진 소리가 들려왔다. 기차는 우리 쪽으로, 즉 동쪽으로 달려왔다. 우리 행렬에서 부스럭대며 준비를 하는 소리가 났다. 기차는 기적 소리를 더 빠르고 크게 울리며 전속력으로 무섭게 달려오고 있었다. 이런 기차를 타려는 호보는 살아남을 수가 없다. 다른 기관차 소리가 들리고 다른 기차가 최고 속도로 달려왔다. 그리고 또 다른 기차, 또 다른 기차, 기차 뒤에 다른 기차들이 계속 줄지어 오다 마지막으로는 객차, 화물차, 무개화차, 운행하지 않는 기관실, 승무원 열차, 우편 차량, 구조 장비들과 낡아빠진 잡동사니들을 주렁주렁 단 기차가 중심 철로로 들어왔다. 카운실블러프스 역내가 완전히 텅 비었다. 사설 차량과 기관차는 동쪽으로 보내지고 철로는 호보들을 막기 위해 폐쇄되었다.

그날이 지나고, 다음 날이 되어도 아무런 움직임이 없었다. 그동안 퍼붓는 비와 진눈깨비, 우박을 고스란히 맞으며 2천 명의 호보들은 철로 옆에 누워 있었다. 하지만 그날 밤 카운실블러프스의 선량한 이들은 철도 관리들에게 하나는 좋은 일을 했다. 카운실블러프스에서 폭도로 변한 이들은 강을 건너 오마하로 가 유니온 퍼시픽 철도를 공격 중인 다른 폭도 무리와 합류했다. 먼저 그들은 기관차를 잡아 열차를 점령하고 다른 폭도들과 합류해 미주리주를 가로질러 곧장 록아일랜드로 내려와 우리에게 열차를 넘겨줬다. 철도 승무원들은 우리의 반란을 막아보려 했지만 밀려나 웨스턴에서 역장과 조수가 심한 공격을 당했다. 이 둘은 비밀리에 전보 수신을 받고 철로를 끊어 우리 일행이 탄 기차를 정지시키려 했다. 마침 우리는 경계하며 순찰을 돌고 있었다. 철로를 끊는 현장에서 잡혀, 격노한 2천 명의 호보들에게 둘러싸인 역장과 조수는 죽을 각오를 했다. 그때 기차가 도착하는 바람에 그들은 죽음을 면했다.

이제 우리가 난관에 부닥쳤고 힘겹게 나아갔다. 서두

르느라 두 집단은 충분히 긴 열차를 확보하지 못했다. 열차에는 2천 명의 호보들이 탈 공간이 없었다. 그래서 폭도와 호보들은 한데 모여 우의를 다지며 노래를 부르고 헤어졌다. 폭도들은 탈취한 기차를 타고 오마하로 되돌아갔고 호보들은 다음 날 아침 디모인까지 140마일에 걸친 대장정을 시작했다. 켈리 부대는 걸어서 미주리주를 횡단했고, 그 후로도 열차를 타지 않았다. 열차는 비용이 많이 들기도 했지만, 무엇보다 원칙을 지키기 위해 그렇게 했다. 그리고 그들은 해냈다.

언더우드, 레올라, 멘든, 어보카, 월넛, 마노, 애틀랜틱, 와이토, 애니타, 어데어, 애덤, 케이시, 스튜어트, 덱스터, 칼엄, 디소토, 밴미터, 분빌, 커머스, 밸리 정크션. 지도를 보고 우리가 횡단했던 풍요로운 아이오와주의 길을 되짚노라면 얼마나 많은 도시의 이름들이 떠오르는지! 그리고 우리를 환대해주던 아이오와주의 농민들. 그들은 마차를 끌고 나와 우리의 짐을 옮겨주고, 정오엔 따뜻한 음식을 길가에 내어주었다. 평화로운 소도시의 시장은 환영 연설을 하며 우리의 출발을 재촉했다. 어린 소녀와 아가씨들이 대표로 나와 우리를 반기고 훌륭한 시민들이 우리와 팔짱을 끼고 중심가를 행진하기도 했다. 우리가 도시에 들어오면 서커스라도 열린 듯했고, 도시는 수도 없이 많았으므로 하루하루가 축제의 나날이었다.

저녁이면 우리 야영지엔 온갖 사람들이 몰려들었다. 분대마다 불을 피우고 그 주위에서는 유흥이 벌어졌다. 우리 L중대의 요리사들은 노래와 춤의 선수들이어서 우리를 정말 즐겁게 해주었다. 다른 천막에서는 합창단이 노래를 준비하고 있었다. 합창단의 주역은 L중대에서 뽑혀 간 치과의사였고 우리는 아주 그를 자랑스러워했다. 그는 전 부대원의 이를 뽑아주었는데 보통은 식사 시간에 뽑았기 때문에 그때 벌어지는 여러 사건들이 우리의 소화를 촉진시켰다. 치과의사는 마취를 하지 않았기 때문에 우리 두서넛은 자원해서 환자를 붙잡고 있었다. 이런 퇴행과 합창에 더해 지역 목사가 집전하는 예배 모임과 위대한 정치적 연설들이 펼쳐지곤 했다. 이 모두가 서로 경합이라도 하듯 벌어졌다. 완벽한 한나절이었다. 2천 명의 호보가 모이다 보니 별별 재주가 다 있었다. 야구팀을 짜서 일요일이면 지역 팀과 경기를 했던 것도 기억난다. 때로는 일요일에 경기를 두 번이나 한 적도 있었다.

작년에 강연 여행을 다니다가 특급 열차를 타고 디모인에 간 적이 있었다. 유개화차가 아니라 진짜 특급 열차 말이다. 시의 교외에 있는 예전 야영지를 보자 가슴이 뛰었다. 12년 전에 부대가 드러누워 발이 아파 더는 못 걷겠다고 나자빠져 욕을 해댔던 그 야영지였다. 이 야영지에 진을 치고 우리는 여기 머물겠노라 디모인시에게 고했다. 우리가 시내로 들어가면 그냥 걸어서 나오진 않을 것 같다고 했다. 디모인은 호의적이었으나 호의로 우리를 받아들이기엔 너무 과했다. 친애하는 독자들이여, 잠시 계산을 해보자. 2천 명의 호보들이 세끼 식사를 하면 하루 6천 끼, 일주일이면 4만2천 끼, 가장 짧은 달에도 16만8천 끼가 된다. 좀 되는 양이었다. 우리는 돈이 없으니 디모인 주민들이 해결할 문제였다.

디모인시는 필사적이었다. 우리는 야영지에 드러누워 정치적인 연설을 하고, 종교 집회를 하고, 이를 뽑고, 야구와 카드 놀이를 하면서 하루에 6천 끼를 먹어치웠다. 디모인시가 이 비용을 댔다. 디모인시는 철도 회사에 간청했지만 그들은 완강했다. 우리를 태울 수 없다는 입장을 고수했다. 탑승을 허락하면 선례를 남기는 것이고 선례를 남길 수는 없다는 것이었다. 우리는 계속 먹어댔고 그것이 상황을 더 악화시키는 요인이었다. 우리는 워싱턴으로 향하고 있었는데 우리 철도 요금을 지불하려면 디모인시는 채권이라도 발행해야 할 형편이었다. 그리고 우리가 거기 더 오래 있더라도 우리를 먹이기 위해 어차피 채권을 발행해야 했다.

그러자 천재적인 주민이 나타나 문제를 해결했다. 걸을 필요도 없어 좋았다. 우리는 타야 했다. 디모인에서 키어컥까지 미시시피강의 지류인 디모인강을 타고 가는 것이다. 강의 지류는 3백 마일이나 되었다. 그 천재적인 주민의 말처럼 강을 타려면 뜰 것이 있어야 했다. 미시시피강을 따라 오하이오까지 가면 거기부터는 지름길인 육로로 산을 넘어 워싱턴까지 갈 수 있었다.

디모인시는 모금을 시작했다. 공공 의식을 가진 시민들이 수천 달러를 기부했다. 목재와 밧줄, 못과 뱃밥으로 쓰일 면을 대량으로 사들였다. 디모인의 둑에 거대한 조선소가 개장했다. 디모인강은 강이라는 이름이 붙긴 했지만 작은 지류였다. 서부의 광대한 시각으로 보면 개울이라고 할 수도 있을 정도였다. 나이가 많은 주민들은 절레절레 고개를 흔들며 물이 너무 적어 배를 띄울 수 없을 거라고, 우리가 성공하지 못할 거라고 했다. 디모인시는 우리를 치워버리기 위해서라면 뭐든 할 태세였고, 우리는 배부른 낙천주의자들이라 걱정하지 않았다.

1894년 5월 9일 수요일, 우리는 길을 나섰고, 어마어마한 소풍이라도 가는 것처럼 항해를 시작했다. 디모인시는 너무 손쉽게 문제를 해결했고 이 해결책을 제안한 천재 주민에게 동상이라도 세워줬어야 한다. 디모인시는 우리의 항해를 위해 진짜 돈을 댔다. 우리는 야영지에서 6만6천 인분의 식사를 먹어치웠고 1만2천 인분의 비상식량을 창고에 실었다. 항해 중에 굶어죽지 않기 위해서였다. 우리가 열하루를 머무는 대신 열한 달을 머물렀다면 굉장했을 것이다. 출발하면서 강에 배를 띄우지 못하면 다시 돌아오겠다고 약속까지 했다.

보급선에 1만2천 인분의 음식을 실은 것은 정말 잘한 일이었다. 보급선이 바로 텅 빈 것으로 보아 분명히 담당이 음식에 손을 댔다. 우리 배에서는 다시 음식을 볼 수 없었다. 강을 항해하는 동안 우리 조직은 완전히 분열되었다. 어느 집단이든 뺀질이와 무능력자, 그냥 보통 사람과 수완가들이 섞여 있기 마련이다. 우리 배에는 열 명이 타고 있었는데 L중대의 핵심 인력들이었다. 다 수완가들이었다. 두 가지 이유로 내가 이 열 명에 끼게 되었는데, 하나는 내가 어떤 떠돌이보다 수완이 좋았기 때문이고 둘째는 내가 '선원책'이기 때문이다. 나는 배와 배 운행에 대해 잘 알고 있었다. 우리 열 명은 남은 L중대 40명에 대해서는 까맣게 잊고 있었고 한 끼를 거른 후부터는 식량 규칙도 무시했다. 우리는 자급자족했다. 독자적으로 강을 따라 내려가면서 우리 선대의 모든 배들을 뒤져 먹을 것을 찾아냈고, 감히 농민들이 부대를 위해 비축해놓은 창고까지 털었다.

우리는 3백 마일까지는 거의 내내 부대보다 하루나 반나절 정도 앞서 있었다. 미국 국기 몇 개를 구해 써먹었다. 소도시에 닿거나 둑에 모여 있는 농부들이 보이면 깃발을 흔들며 선두 함대를 자처했고 부대를 위해 모아놓은 비축 식량을 요구했다. 우리는 물론 부대를 대표하지 않았지만, 식량은 우리 손에 들어왔다. 비열한 짓은 하지 않았고 필요 이상의 식량을 요구하지는 않았지만 비축 식량 중에 제일 좋은 것들을 챙겼다. 예를 들면 인심 좋은 농부가 몇 달러어치 담배를 기부하면 우리가 챙겼고 버터와 설탕, 커피와 통조림도 챙겼다. 하지만 창고에 콩과 밀가루 부대가 쌓여 있거나 두세 마리의 송아지 고기가 있을 땐 단호하게 사양하고 뒤에 따라오는 보급선에 넘기라는 지시를 남기고 출발했다.

우리 배의 열 명은 풍요로운 나라에 살고 있었다. 켈리 장군은 한참을 우리를 앞지르려 노력했지만 실패했다. 장군은 두 명의 노잡이를 가볍고 빠른 배에 태워 우리를 따라

잡아 해적질을 막으려 했다. 그들이 우리를 따라잡았으나 그들은 둘이고 우리는 열이었다. 그들은 켈리 장군에게 권한을 위임받아 우리를 체포하겠다고 했다. 우리가 체포를 거부하자 당국의 도움을 받기 위해 인근 마을로 서둘러 출발했다. 우리는 바로 물가에 배를 대고 저녁을 준비했다. 그리고 밤을 틈타 시와 시 당국자들을 피해 달아났다.

나는 그 여정 중에 일기를 썼는데 지금 읽어보니 계속 반복되는 구절이 있었다. '잘 지내고 있음.' 우리는 잘 지냈다. 심지어 우리는 물로 끓인 커피도 거절할 정도였다. 우유로 커피를 끓이고 그 끝내주는 음료를 '연한 비엔나'라고 불렀다.

우리가 가장 좋은 것들을 챙겨 먹으며 앞서 있는 동안 보급선은 뒤처져 비어갔고, 중간에서 따라오던 주력 부대는 항상 굶주렸다. 부대로서는 정말 힘들었을 거라는 데 동의한다. 하지만 당시 우리 열 명은 개인주의자들이었고 주도권을 잡아 세력을 확장해갔다. 먼저 차지하는 사람이 주인이었고 '연한 비엔나'는 강한 자의 몫이라는 것이 우리의 열정적인 신념이었다. 주력 부대는 48시간을 먹지 못했고, 정확히는 기억나지 않지만 레드록이라는 3백 명의 주민이 사는 작은 마을에 도착했다. 이 마을은 켈리 부대가 거쳐간

도시들의 전례를 따라 안전위원회를 구성했다. 한 가족을 평균 5명으로 잡으면 60가구였다. 안전위원회는 둑을 따라 깊숙이 들어온 두서너 척씩 떼 지어 있는 2천 명이나 되는 호보들의 출현에 완전 마비되었다. 켈리 장군은 공정한 사람이었고 마을을 곤경에 빠뜨릴 의도는 없었다. 60가구가 2천 인분의 식사를 제공할 거란 기대는 하지 않았고 더욱이 부대에게는 비축 자금이 있었다.

하지만 안전위원회는 방향을 잃고 있었다. '침입자들을 지원하지 말 것'이 그들의 방침이었고 켈리 장군이 음식을 사려고 할 때도 이를 거절했다. 팔 것이 없다는 것이었다. 그들의 마을에 켈리 장군의 돈은 필요 없다는 것이었다. 그러자 장군은 행동을 개시했다. 나팔 소리가 울리자 부대는 배에서 내려 둑 위에 전투 대형으로 늘어섰다. 위원회는 이를 보고 있었고 켈리 장군의 연설은 간결했다.

"제군들, 마지막 식사가 언제였지?"

"이틀 전입니다." 부대원들이 소리를 질렀다.

"배가 고픈가?"

2천 명의 입에서 나온 열렬한 호응 소리가 온 대지를 흔들었다. 그러자 켈리 장군은 안전위원회 쪽으로 몸을 돌리고,

"보다시피 상황이 이렇군. 우리 부대는 48시간을 아무 것도 먹지 못했네. 이들이 마을에 풀려나면, 무슨 일이 생겨도 내 책임은 아닐세. 이들은 지금 굶어 죽을 지경이네. 그래서 음식을 사겠다고 제안했지만 당신들이 팔지 않았지. 이제 내 제안은 물 건너갔고 대신 요구를 하지. 5분 결정할 시간을 주겠네. 소를 여섯 마리 잡고 4천 인분의 식사를 제공하거나 이들을 마을에 풀어놓거나. 여러분, 5분일세."

겁먹은 안전위원들은 2천 명의 굶주린 호보를 보고 바로 굴복했다. 5분도 필요 없었다. 선택의 여지가 없었다. 소를 잡고 바로 음식을 징집하기 시작했다. 그리고 부대원들은 만찬을 벌였다.

그때까지도 우리 열 명의 야비한 개인주의자들은 앞서 노를 저어가 눈에 띄는 것은 모두 긁어모았다. 하지만 켈리 장군이 우리를 주시하고 있었다. 장군은 강둑마다 기마병을 보내 농부와 시민들에게 우리에 대해 경고했다. 이 경고가 빠짐없이 전달되었다. 전에는 우호적이던 농부들이 우리를 냉랭하게 대했다. 또 우리가 둑에 정박할라치면 경찰을 부르고 개를 풀었다. 나는 '연한 비엔나'를 만들려고 우유 두 통을 나르던 중에 강둑의 철조망에서 개 두 마리에게 잡혔던 적도 있다. 어쨌든 철조망에 다치지는 않았지만 싸구려 물로 끓인 소박한 커피를 마셔야 했다. 또 여벌의 바지를 구하러 돌아다녀야 했다. 친애하는 독자들이여, 양손에 우유를 한 통씩 들고 철조망을 잽싸게 기어오른 적이 있으신지? 그날 이후 나는 철조망에 편견을 갖게 되었고 그 문제에 대한 통계 자료를 모아왔다.

켈리 장군이 앞서 두 명의 기마병을 특파하는 한 여유로운 생활을 이어갈 수 없게 된 우리는 부대로 돌아와 반란을 일으켰다. 작은 사건이었으나 2사단 L중대는 한 방 먹었다. L중대장은 우리를 다시 받아주지 않았고 탈영병, 배신자, 변절자라고 비난했다. 보급선에서 L중대의 몫을 타오면 우리에게는 전혀 나눠주지 않았다. 중대장은 완전히 우리를 무시했다. 그렇지 않았으면 음식을 나눠주지 않는 일 따윈 하지 않았을 것이다. 우리는 바로 선임 중위와 계략을 짰다. 우리 열 명은 그의 배에 합류했고 그 보답으로 그를 M중대장으로 뽑았다. L중대장은 분노를 터트렸다. 켈리 장군과 스피드 대령, 베이커 대령까지 합세했으나 우리는 굳게 뭉쳤고 반란은 성공했다.

하지만 사실 우리가 보급품에 안달복달한 적은 없었다. 우리는 수완을 발휘해 농부들에게서 더 많은 몫을 챙겼다. 하지만 새로운 대장이 우리를 의심했다. 아침에 배를 타고 출발하면 우리를 전혀 볼 수가 없었다. 그래서 중대장은 그의 권위를 행사하기 위해 대장장이를 불렀다. 그는 우리 배 선미 양쪽에 육중한 철 고리를 박아 그의 배 선수와 연결했다. 단단히 고리에 묶인 채 우리는 빠르게 움직였다. 이제 중대장을 떼어낼 수가 없었다. 하지만 우리를 잡아둘 수는 없었다. 우리는 바로 그 족쇄를 벗어나 함대의 모든 다른 배에 적용할 수 있는 무적의 방법을 고안했다.

모든 위대한 발명품이 그렇듯, 우리 발명품 역시 우연이었다. 급류에서 암초를 빠져나가다 처음 발견했다. 앞 배가 암초에 걸려 멈추자 뒷배는 급류를 타고 앞 배 주위를 빙빙 돌고 있었다. 나는 뒷배 선미에서 노를 젓고 있었다. 있는 힘껏 저어봤지만 노가 나가지 않았다. 나는 앞 배에 있는 사람에게 뒷배로 건너오라고 지시했다. 앞 배가 급류를 빠져나오자 그는 앞 배로 돌아갔다. 그 후로는 수풀, 갈대, 모래톱, 나뭇가지 등은 전혀 걱정되지 않았다. 앞 배가 걸리면 바로 뒷배로 사람들이 옮겨 탄다. 그럼 앞 배는 장애물을 넘어가고 뒷배는 장애물에 걸린다. 이제 자동인형처럼 스무 명의 사람들이 뒷배에서 앞 배로 옮겨타면 뒷배는 장애물을 통과한다.

켈리 부대의 배들은 모두 비슷했다. 목재를 잘라 만든

너비가 있는 장방형의 배였다. 배는 폭이 2미터, 길이가 3미터, 깊이는 50센티미터쯤이었다. 그러니 우리처럼 두 배가 연결되어 있으면 나는 서로를 불러대며 노와 페달을 밟고 있는 20여 명의 거친 호보들과 담요, 요리 장비, 개별 식품 창고를 싣고 있는 길이 6미터쯤 되는 배의 선미에서 노를 젓고 있는 셈이었다.

여전히 우리는 켈리 장군의 문젯거리였다. 그는 기마병을 불러들이고 대신 순찰선 세 대를 선두에 두어 모두 그 뒤를 따르게 했다. M중대를 태운 배가 순찰선을 바짝 따라붙었다. 우리는 간단히 순찰선을 제칠 수 있었지만, 그건 규칙 위반이었다. 그래서 적당한 거리를 유지하며 기다렸다. 앞에는 활짝 열린 관대한 신천지가 있었지만 우리는 기다렸다. 가장 필요한 것은 깨끗한 물이었다. 굽이진 곳을 돌자 급류가 나타났고 무슨 일이 벌어질지 빤했다. 쾅! 제1순찰선이 암초에 걸렸다. 쿵! 제2순찰선도 똑같았다. 콰광! 제3순찰선도 같은 운명이었다. 물론 우리 배도 마찬가지였다. 하지만 하나, 둘, 셋을 세며 앞 배의 사람들이 뒷배로 건너왔다. 다시 하나, 둘, 셋에 뒷배의 사람들이 앞 배로 넘어갔다. 뒷배에서 넘어간 이들이 다시 돌아오고, 이런 식으로 우리는 전속력으로 돌진해갔다. "멈춰! 이 바보 머저리 멍청이 같은 놈들아!” 순찰선에서 고함을 질렀다. “어떻게 멈춰? 강이 안 멈추는데!” 급류에 떠내려가면서 우리는 애절하게 호소했다. 무자비한 급류에 휩쓸려 우리는 그들의 시야에서 멀어졌다. 우리는 인심 좋은 농부들의 땅으로 흘러갔고 가장 좋은 기증품으로 우리의 사적인 창고를 가득 채울 수 있었다. 다시 연한 비엔나를 마시며 먼저 얻는 놈이 임자라는 사실을 깨달았다.

불쌍한 켈리 장군! 그는 다른 계획이 있었다. 함대 전체가 우리보다 먼저 출발하는 것이다. 2사단 M중대는 원래 순서대로라면 제일 늦게 출발해야 했다. 그의 계획을 끝장내는 데는 하루밖에 안 걸렸다. 우리 앞에는 험난한 항로가 25마일이나 놓여 있었다. 모두 급류에, 여울목에, 장애물에, 암초들이었다. 디모인의 나이든 주민들이 머리를 저은 것도 이 항로 때문이었다. 그전에 거의 2백여 척이나 되는 배들이 이 험난한 항로에서 끔찍하게 좌초되었다. 우리는 좌초된 배들의 줄줄이 이어진 잔해 속을 통과해갔다. 둑 위로 올라가는 것말고는 암초와 장애물을 피할 방법이 없었다. 우리는 피하지 않았다. 우리는 하나, 둘, 셋, 앞 배, 뒷배, 앞 배, 뒷배로 맞섰다. 그날 밤 우리는 야영을 하며 부대가 부서진 배를 때우고 수리해 우리를 따라온 그다음 날까지 야영지에서 빈둥거렸다.

우리의 막무가내 행동은 여전했다. 부대가 눈에 불을 켜고 우리를 찾는 동안 우리는 담요로 돛을 만들어 유유자적 움직였다. 켈리 장군은 협상을 하려 했다. 하지만 어떤 배도 우리와 직접 소통할 수는 없었다. 우리가 디모인에 모인 이들 중 가장 사고 치는 무리였던 것은 분명했다. 순찰선 추월 금지가 풀렸다. 스피드 대령이 우리 배에 승선했고, 이 뛰어난 장교와 미시시피 강가의 키어컥에 가장 먼저 도착하는 영예를 얻었다. 이 자리를 빌려 나는 켈리 장군과 스피드 대령에게 말하고 싶다. 당신들은 진짜 영웅이고 사나이셨다. M중대 선두선이 끼친 피해에 대해 최소한 그 10분의 1은 죄송하게 생각하고 있다.

키어컥에서 모든 부대가 거대한 뗏목으로 옮겨 탔다. 그리고 하루는 바람을 타려고 애쓰다 결국 증기선으로 뗏목을 끌어 미시시피강을 따라 일리노이주 퀸시에 도착했다. 거기서 강을 건너 구스아일랜드에서 야영을 했다. 거기부터 뗏목을 포기하고 배를 네 조로 묶어 출발했다. 누군가 퀸시가 미국에서 가장 부유한 도시라고 나에게 말해주었다. 그 얘기를 듣자 바로 둘러보고 싶은 충동이 강하게 일었다. 진정한 선수라면 이런 약속의 도시를 그냥 지나칠 수는 없는 법이다.

비상용 보트를 타고 퀸시로 갔다가 올 때는 뱃전 가득 수확물을 싣고 큰 배로 돌아왔다. 물론 뱃삯을 빼고는 얻은 돈을 모두 그대로 지니고 있었다. 속옷, 양말, 작업복, 셔츠, 구두, 모자를 골라왔다. M중대원들이 원하는 걸 다 나눠주고도 L중대원들에게 넘겨줄 게 꽤 남았다. 신이여! 그때 나는 젊었고 다 뿌려댔다. 퀸시의 선량한 주민들에게 수천 개의 이야기를 들려줬는데 그 이야기는 모두 멋졌다. 잡지에 글을 쓰게 되었을 때 그 넘쳐나던 이야기와 상상력이 아쉬웠다. 그날 일리노이 퀸시에서 너무 낭비했다.

미주리주 해니벌에서 우리 열 명의 무적의 용사들은 찢어지게 되었다. 의도한 것은 아니었고 자연스럽게 흩어지게 되었다. 보일러공과 나는 몰래 빠져나왔다. 같은 날 스코티와 데이비는 일리노이 강변으로 몰래 빠져나갔고 맥커보이와 피시도 도망쳐 버렸다. 열 명 중 여섯인데 나머지 넷은 어떻게 됐는지 모르겠다. 길 위에서의 삶에 대한 예시로 도망 후 며칠간의 일기에서 몇 부분을 인용해보겠다.

"5월 25일, 금요일. 나는 보일러공과 구스아일랜드의 야영지를 떠났다. 작은 보트를 타고 일리노이 강변에 배를 대고 펠

크리크까지 C. B. & Q.[*]를 따라 6마일을 걸었다. 잘못된 길로 6마일이나 걸었으나 선로 보수용 차량을 얻어 타고 워배시 헐스까지 6마일을 갔다. 거기서 부대에서 도망 나온 맥커보이, 피시, 스코티, 데이비를 만났다."

"5월 26일, 토요일, 오전 2시 11분. 교차로에서 속도가 느려진 캐논볼을 잡았다. 스코티와 데이비는 하차당했다. 우리 넷은 40마일 더 가 블러프스에서 하차당했다. 오후에 보일러공과 내가 먹을 것을 얻으러 간 사이 피시와 맥커보이는 화물차를 탔다."

"5월 27일, 일요일, 오전 3시 21분. 우리는 캐논볼을 잡아탔고 깜깜이 차량에서 스코티와 데이비를 만났다. 우리는 모두 잭슨빌에서 하차당했다. C. & A.가 여기를 통과할 때 그걸 잡을 계획이다. 보일러공이 나갔다가 돌아오지 않음. 아마 화물차를 탄 듯함."

"5월 28일, 월요일. 보일러공이 보이지 않는다. 스코티와 데이비는 어딘가 자러 나감. 3시 30분 K. C. 여객열차 시간까지 돌아오지 않음. 나 혼자 탐. 해가 뜨고 인구 2만5천 명의 마슨 시에 도착했다. 거기서 소 운반 차량을 타고 밤새도록 감."

---

* 미국 중서부를 운행하는 시카고, 벌링턴 및 퀸시 철도

"5월 29일, 화요일. 시카고에 7시 도착."

수년이 지나 중국에 있을 때 우리가 디모인에서 급류를 빠져나오기 위해 했던 하나-둘-하나-둘-앞 배-뒷배 방법의 원조가 아님을 알고 실망했다. 중국인 선원들은 수천 년 동안 급류를 통과하기 위해 비슷한 방법을 써왔다는 걸 알게 되었다. 우리에게 저작권은 없더라도 어쨌든 멋진 기술이었다. "가능한가? 거기 목숨을 걸 수 있는가?" 조던 박사의 진실 실험이 그 답이다.

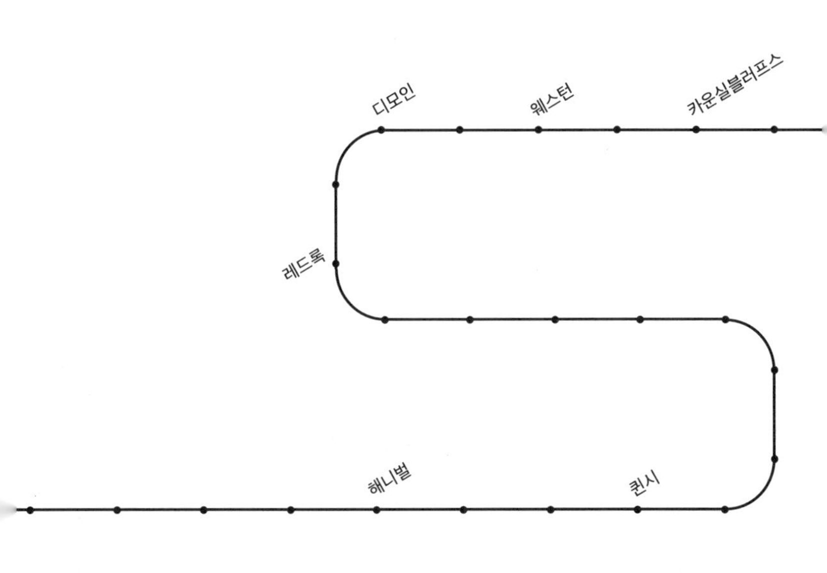
디모인
웨스턴
카운실블러프스
레드록
해니벌
퀸시

9. 경찰들

만일 떠돌이들이 갑자기 미국에서 사라진다면 많은 가정들이 다방면으로 곤란을 겪을 것이다. 떠돌이들 덕에 수천 명의 사람들이 정직하게 생계를 유지하며 아이들을 독실하고 근면한 시민으로 교육하고 있다. 한때 우리 아버지는 경찰관이었고 떠돌이를 잡아 생활했다. 지역 사회는 아버지가 잡은 떠돌이 수대로 돈을 지급했다. 따로 수당도 받았으리라. 우리 집에선 떠돌이를 잡는 방법이 늘 시급한 문제였다. 식탁에 놓인 고기, 새 신발, 용돈, 학교 교재비 등이 아버지가 떠돌이를 잡는 데 성공하냐 마냐에 달려 있었다. 매일 아침 지난밤 수색의 결과를 알고 싶어 안달복달하며 기다렸던 것이 기억난다. 얼마나 많은 떠돌이를 잡았는지, 그들이 어떤 처벌을 받게 될지를 묻고 싶어 아버지를 기다렸다. 그랬기 때문에 후에 떠돌이가 되어 욕심 많은 경찰관을 피해 도망칠 때 집에서 그를 기다리고 있을 아이들에게 미안한 마음마저 들었다. 내가 그 아이들의 풍요로운 생활을 위한 물품들을 빼돌린 느낌이었다.

하지만 이 모두가 게임이다. 호보는 사회에 반항하고 사회의 경비견들은 그를 잡아 살아간다. 몇몇 호보들은 경비견들에게 잡히기를 바라는데, 특히 겨울에 그렇다. 물론 그런 호보들은 괜찮은 감옥이 있는 지역을 고른다. 일도 없고 음식은 풍족한 감옥 말이다. 또 자신이 잡은 호보와 수당을 나누는 경찰관도 있었다. 아마 지금도 있을 것이다. 그런 경찰관은 잡으러 다니지 않는다. 호각만 불면 사냥감이 스스로 걸어 들어온다. 놀랍게도 땡전 한 푼 없는 떠돌이들이 만드는 돈벌이다. 적어도 내가 호보였던 시절에는 남부 전체에 걸쳐 죄수 수용소와 농장이 있었다. 농부들이 잡힌 호보를 사와 일을 시켰다. 버몬트주의 러틀랜드에는 호보들의 노동력을 공짜로 착취하는 채석장들이 있었다. 그들이 길에서 구걸하거나 문전걸식하며 모아온 힘이 특정 사회의 이익을 위해 착취당했다.

버몬트 러틀랜드에 있던 채석장들에 대해 나는 전혀 모른다. 내가 거기에 얼마나 가까이 갔는지를 생각하면 내가 지금 모른다는 것이 정말 기쁘다. 떠돌이 사이에서 떠도는 얘기였고, 나는 인디애나주에 있을 때 이 채석장들에 대해 처음 들었다. 하지만 뉴잉글랜드 지역에 들어서자 계속해서 채석장 얘기가 나왔고 위험 신호인 “채석장에 일할 사람이 필요하대”라는 말이 들렸다. 또 지나가는 호보들이 “90일 이하는 돈도 안 준대”라고 말했다. 뉴햄프셔에 있을 땐 이 채석장들에 너무 겁을 먹어서 전에 없이 경찰과 철도 경비들에게 소극적으로 굴었다.

어느 저녁 콩코드 기차역으로 내려가니 화물열차 한 대가 떠날 준비를 하고 있었다. 나는 빈 유개화차의 옆문을 밀어 안으로 기어올라 갔다. 아침까지 화이트리버에 도착했으면 했다. 그러려면 버몬트주로 먼저 가야 했고 거기서부터 러틀랜드는 1천 마일도 안 되었다. 거기서 북쪽으로 가면 나는 위험 지역에서 점점 멀어지게 될 것이다. 차량 안에서 풋내기를 만났다. 그는 내가 들어서자 이상하게 몸을 떨었다. 나를 제동수로 알았던 것이다. 내가 그냥 떠돌이란 것을 알게 되자 그렇게 겁을 먹었던 것은 러틀랜드의 채석장 때문이라고 했다. 그는 어린 촌놈이었고 그 지역에서만 떠돌이 생활을 해온 친구였다.

화물열차가 출발했고 우리는 차량 구석에 누워 잠이 들었다. 두세 시간이 지나 도착한 역에서 오른쪽 문이 살며시 열리는 소리에 나는 잠이 깼다. 풋내기는 잠들어 있었다. 무슨 일인가 살피기 위해 실눈을 뜨고 자는 척 꼼짝도 안 하고 있었다. 출입문으로 손전등 불빛이 비춰지고 제1제동수가 들어왔다. 그는 우리를 발견하고 잠시 보고 있었다. 나는 익숙한 '당장 나가! 이 두꺼비 같은 자식아' 같은 격렬한 반응을 기다리고 있었다. 하지만 그는 그러는 대신 손전등을 뒤로 빼고는 아주 조심스럽게 문을 닫았다. 아주 이상하고 수상쩍은 일이었다. 귀를 쫑긋 세우자 걸쇠가 걸리는 소리가 들렸다. 그 문은 밖에서 잠글 수 있었다. 그럼 우리는 안에서 문을 열 수가 없다. 차량의 탈출구 하나가 막힌 것이다. 방법이 없을까? 몇 초를 기다리다 왼쪽 문으로 살금살금 움직여 열어보았다. 그 문은 아직 잠겨 있지 않았다. 나는 문을 열어 뛰어내리고 문을 닫았다. 그리고 완충기를 넘어서 차량의 반대편으로 갔다. 밖에서 제동수가 잠근 문을 열고 안으로 들어가 문을 닫았다. 이제 양쪽 문이 다 사용 가능했다. 풋내기는 아직도 자고 있었다.

기차가 출발해 다음 역에 도착했다. 자갈을 밟는 소리가 들리고 왼쪽 문이 요란하게 열렸다. 풋내기가 잠에서 깼고 나도 그제야 깬 척했다. 우리는 일어나 앉아 제동수와 그가 든 손전등을 바라보았다. 그는 시간 낭비 없이 바로 협상에 들어갔다.

"3달러." 그가 말했다.

우리는 자리에서 일어나 그와의 협상을 위해 가까이 갔다. 그에게 3달러를 내고 싶은 우리의 간절한 마음을 표현하고, 마음과 달리 그러지 못하는 우리의 비참한 신세를 설명했다. 제동수는 우리를 믿지 않았다. 그는 2달러로 타협을 보자고 제안했다. 우리의 가난한 신세가 한스러웠다.

그는 전혀 우리를 존중하는 것 같지 않은 말들을 퍼부었다. 우리를 두꺼비 새끼라고 부르고, 지옥에서 아침을 먹게 해 주겠다고 악담을 쏟아냈다. 그리고 돈을 내놓지 않으면 화이트리버로 끌고가 경찰에게 넘기겠다고 우리를 협박했다. 또 러틀랜드에 있는 채석장도 언급했다.

이제 제동수는 우리 목숨을 손에 쥐고 있다고 생각했다. 한쪽 문은 자신이 지키고 있고 다른 쪽은 몇 분 전에 자신이 직접 잠그지 않았던가? 그가 채석장 얘기를 꺼내자 겁먹은 풋내기가 맞은편 문으로 슬금슬금 다가갔다. 제동수는 큰소리로 한참을 웃었다. “서두를 필요 없어.” 제동수가 말했다. “지난 역에서 내가 밖에서 잠갔거든.” 그는 문이 잠겨 있다는 확신에 차서 말했다. 풋내기는 그 말을 믿고 좌절했다.

제동수는 최후통첩을 했다. 2달러를 내놓지 않으면 우리를 여기 감금했다가 화이트리버의 경찰관에게 넘기겠다는 것이었다. 이는 채석장에서의 90일의 노동을 의미했다. 자, 친애하는 독자들이여, 맞은편 문이 잠겼다고 상상해보라. 사람 목숨이 위태로워 보이지 않는가. 1달러가 없어서 채석장에서 3개월을 노예로 일해야 할 판이었다. 풋내기도 마찬가지였다. 나야 뭐 갈 데까지 간 사람이지만 풋내기를 생각해보라. 90일을 거기서 보내고 나면 그는 범죄자의 길로 들어서게 될 것이다. 그리고 나중엔 돈을 뺏기 위해 곤봉으로 당신의 머리통을 깨버릴 것이다. 만일 당신이 아니라면 다른 죄 없는 불쌍한 사람의 머리통을.

그러나 문은 열려 있었고 그걸 아는 이는 나밖에 없었다. 풋내기와 나는 용서를 빌었다. 나는 순전히 밸이 꼴려 부러 같이 애원하고 간청했다. 최선을 다해서 어떤 강철 심장이라도 녹일 만한 이야기를 지어냈다. 하지만 돈에 환장한 제동수의 탐욕스러운 마음을 녹이지는 못했다. 우리에게 돈이 한 푼도 없다는 것을 확신하자 그는 자기가 지키고 있던 문을 닫고 잠갔다. 그러면서도 돈이 없는 척하던 우리가 지금이라도 2달러를 내놓을까 싶어 잠시 망설였다.

내가 대꾸를 시작한 건 이때였다. 그를 두꺼비 새끼라고 부르고 그가 우리에게 했던 욕을 그대로 퍼부었다. 몇 가지를 덧붙이기도 했다. 나는 욕하는 데 능숙한 서부 출신이었고, 뉴잉글랜드 지선을 타고 있는 더러운 제동수가 나에게 퍼붓는 거칠고 원색적인 욕을 듣고만 있지는 않을 생각이었다. 처음에 제동수는 웃어넘기려 했다. 그러다 본의 아니게 대꾸를 했다. 나는 더한 욕을 쏟아냈다. 그에게 상처를 주고 모욕하는 말들을 쏘아댔다. 내가 진짜 격분했던 것은 일시적인 감정이나 말싸움 때문이 아니었다. 1달러를 못 낸다고 3개월이나 노예 생활을 시키려는 이 비열한 놈에게 화가 치밀었다. 더욱이 경찰관이 받을 돈을 그가 빼돌리려 한다는 의심도 들었다.

나는 그를 꼼짝 못 하게 만들었다. 그의 감정과 자존심을 몇 달러어치는 찢어놓았다. 그는 당장 들어가 내장이 튀어나오도록 발로 차주겠다고 위협하며 겁을 주었다. 나는 들어오기만 하면 얼굴을 차버리겠다고 대꾸했다. 위치는 내가 더 유리했고 그도 그걸 알았다. 그래서 문을 닫고 소리를 질러 다른 승무원들에게 도움을 청했다. 그들이 답하는 소리와 자갈길 위로 뛰어오는 소리가 들렸다. 내내 맞은편 문이 열려 있었으나 그들은 모르고 있었다. 그러는 동안 풋내기는 무서워서 거의 죽을 지경이었다.

아, 도망칠 곳을 만들어놓긴 했지만 나는 용감했다. 나는 제동수와 동료들이 문을 열 때까지 계속 욕을 했다. 손전등 빛에 있는 대로 화가 난 그들의 얼굴이 보였다. 그들은 쉽게 생각했다. 우리를 한쪽 구석에 몰아넣고 차량에 올라와 처리할 셈이었다. 그들이 일을 시작했다. 나는 누구의 얼굴도 발로 차지 않았다. 그저 맞은편 문을 활짝 열어젖히고 풋내기와 함께 탈출했다. 열차 승무원들은 우리를 쫓아왔다.

우리는 돌담을 넘어갔던 것 같다. 하지만 우리가 있던 곳은 아직도 생생히 기억이 난다. 어둠 속에서 나는 바로 묘비에 걸려 넘어졌고 풋내기는 다른 묘비에 걸려 자빠졌다. 그러고 나서 묘지 사이를 헤치고 생사가 걸린 탈출을 감행했다. 유령들마저도 우리가 대단하다고 생각했을 것이다. 승무원들도 필사적이었다. 우리가 묘지를 빠져나와 건너편 어두운 숲속으로 몸을 숨기자 제동수들은 추적을 포기하고 열차로 돌아갔다. 얼마 지나지 않아 풋내기와 나는 한 농가의 우물에 도착했다. 물을 마시고 나서야 우물 한쪽에 드리워진 밧줄이 보였다. 위로 끌어올려 보니 그 끝에 커다란 우유 깡통이 달려 있었다. 그리고 그곳은 버몬트 러틀랜드의 채석장과 아주 가까운 곳이었다.

호보들이 어떤 도시를 "경찰들이 적대적이다"라거나 그 도시를 피하라고 하면 조용히 그곳을 통과하는 게 좋다. 항상 조용히 통과해야 하는 몇몇 도시들이 있다. 그런 도시 중 하나가 유니온 퍼시픽이 지나가는 샤이엔이다. 적대적이기로 전국에서 유명하다. 모두 제프 카(이름이 정확하다면) 덕이다. 제프 카는 호보로 보이면 바로 체포했다. 전혀 탐문도 하지 않았다. 호보로 판단하면 바로 주먹으로 두들겨 패거나 곤봉, 손에 잡히는 무엇이든 휘둘렀다. 흠씬 두들겨 패고 나서 또 눈에 띄면 더 심한 꼴을 당할 거라고 협박해 도시에서 쫓아냈다. 제프 카는 돌아가는 법을 알고 있었다. 두들겨 맞은 호보들은 동서남북, 미국 전역으로 흩어져(캐나다, 멕시코를 포함해서) 샤이엔이 적대적인 도시라는 소문을 냈다. 다행히 나는 제프 카를 만난 적은 없다. 나는 눈보라 속에서 샤이엔을 통과했는데 84명의 호보들과 같이 있었다. 수적 우세에 우리는 대부분의 것에 아주 대담했으나 제프 카만은 예외였다. 제프 카란 말이 함축하는 의미가 상상력을 억누르고 용기를 마비시켰다. 우리 무리는 그를 만날까 봐 심하게 겁을 먹고 있었다.

경찰이 적대적으로 보일 때는 멈춰 서서 설명을 해봐야 거의 소용없다. 재빨리 도망가는 게 상책이다. 이 사실을 깨닫기까지는 어느 정도 시간이 걸렸다. 뉴욕시에서 한 경찰이 나를 잡았을 때 확실히 깨달았다. 그때부터는 경찰이 근처에 보이면 반사적으로 도망친다. 이런 반사적 행동이 나를 움직이는 주요 동기가 되었다. 내 안에 상흔을 남겨 본능적으로 튀어나온다. 절대 극복하지 못할 것이다. 내가 여든이 되어 목발을 짚고 길을 가다가도 경찰관이 갑자기 나에게 관심을 보이면 바로 목발을 버리고 사슴처럼 도망칠 것이다.

경찰에 관한 마지막 교훈은 뉴욕에서였고 아주 더운 여름 오후였다. 일주일 내내 폭염이 계속되고 있었다. 나는 아침에 거리를 둘러보고, 시청과 신문사들이 모여 있는 작은 공원에서 오후를 보내는 게 일과였다. 몇 센트만 주면 손수레 행상에게 신간들(제작이나 제본하면서 손상된 책들)을 살 수 있는 곳이 근처에 있었다. 그리고 공원 안에 맛있고 시원한 우유나 유제품 한 병을 1페니에 살 수 있는 작은 매점도 있었다. 매일 오후 나는 벤치에 앉아 독서를 하고 우유를 마시러 갔다. 나는 매일 오후 다섯 잔에서 열 잔은 마시며 더위를 식혔다. 지독하게 무더운 날씨였다.

나처럼 얌전히 우유나 열심히 마시는 호보가 무슨 일을 당했는지 보자. 어느 오후 새로 산 책을 팔에 끼고 공원에 도착했는데 우유가 몹시 마시고 싶어졌다. 우유 가게로 가는데 시청 앞 도로 중앙에 사람들이 모여 있었다. 내가 길을 건너는 바로 그 자리였고, 왜 사람들이 모여 있는지 궁금도 해서 잠깐 멈췄다. 처음엔 아무것도 보이지 않았으나 들리는 소리와 힐끗 보이는 것으로 보아 부랑아 무리들이 피위*를 하고 있었다. 뉴욕 시내에서 피위 경기를 하는 것은

---

* 크리켓이 미국식으로 변형된 경기

금지되어 있었다. 하지만 그때는 몰랐고 바로 생생하게 배우게 되었다. 30초쯤 서 있다 사람들이 모인 이유가 그것 때문이라는 걸 알았다. 그때 부랑아들이 "경찰이다"라고 소리쳤다. 그들은 뭘 해야 할지를 알았다. 그들은 뛰었고 나는 가만히 있었다.

모인 사람들이 순식간에 흩어져 양쪽 보도로 뛰기 시작했다. 나는 공원 쪽 보도로 향했고, 50명쯤 되는 원래 모여 있던 사람들도 같은 방향으로 도망쳤다. 우리는 뿔뿔이 흩어졌다. 회색 제복에 가죽 허리띠를 한 남자가 눈에 들어왔다. 경찰이었다. 그는 산책이라도 하는 것처럼 서두르지 않고 길 중앙으로 걸어왔다. 그가 가던 방향을 바꿔서 내가 향하는 보도 쪽으로 비스듬히 움직이는 것이 눈에 띄었다. 그는 어슬렁거리며 흩어지는 사람들을 지나쳤다. 가다 보면 그와 내가 서로 만날 것 같았다. 경찰과 그들의 방식에 대해 배웠지만 나는 잘못한 일이 전혀 없었기에 안심하고 있었다. 경찰이 나를 쫓아오리라곤 상상도 하지 못했다. 법을 존중하지는 않지만 사실 나는 직전에 멈춰 그를 먼저 지나가게 할 참이었다. 나는 멈췄지만 내 자의는 아니었다. 어쩔 수 없이 멈춘 것이다. 아무런 경고도 없이 경찰이 갑자기 내 가슴팍을 두 손으로 밀었다. 동시에 우리 집안을 싸잡아

욕했다.

자유를 향한 미국인의 피가 끓어올랐다. 모든 자유를 사랑한 우리 선조들의 외침이 내 안에서 들려왔다. “왜 이래요?” 나는 따졌다. 말하자면 해명을 요구한 것이다. 그리고 답이 왔다. 퍽! 그가 곤봉으로 내 머리를 내리쳤고 나는 취한 사람처럼 휘청이며 뒤로 물러났다. 호기심이 생긴 구경꾼들이 파도처럼 위아래에서 몰려들었고, 내 소중한 책이 팔에서 흙먼지 속으로 떨어졌다. 경찰은 다시 한 대를 먹이려고 다가왔다. 곧 벌어질 일이 예상되어 아찔해졌다. 곤봉으로 수도 없이 머리를 얻어맞고 피범벅이 된 흉측한 몰골로 즉결 재판소에 서 있는 모습이었다. 난동, 욕설, 업무방해, 그 외의 몇몇 죄목이 붙어 블랙웰섬*으로 송환되는 내 모습이었다. 일이 어떻게 돌아갈지 깨닫자 설명을 듣고 싶은 마음이 전부 사라졌다. 아직 읽지도 않은 내 소중한 책을 그대로 두고 몸을 돌려 뛰었다. 너무 아팠지만 계속 달렸다. 죽는 날까지 언제든 경찰이 곤봉으로 설명을 하려 들면 나는 죽자고 도망칠 것이다.

떠돌이 생활을 그만두고 몇 년이 지나 캘리포니아대

---

* 뉴욕 이스트강에 있는 섬으로 당시 정신병자, 죄수 등을 수감하는 시설로 악명이 높았다.

학 학생으로 있던 때 서커스를 보러 간 적이 있다. 공연이 끝난 뒤에도 거대한 공연 장비들이 어떻게 옮겨지는지 보려고 주위를 어슬렁거리고 있었다. 서커스단은 그날 밤 철수할 예정이었다. 모닥불 주위에 있는 어린 소년들 무리에 끼어들었다. 대략 20명의 아이들이 모여 있었는데, 그들끼리 하는 얘기를 듣고 서커스단을 따라갈 계획임을 알았다. 서커스단원들은 이 바보 같은 꼬마 녀석들에게 말려들기 싫었기에 경찰 본부에 연락해 그 계획을 고자질했다. 한 분대인 경찰 10명이 현장에 출동해 9시 통행 금지 시간을 어겼다고 꼬마들을 체포했다. 경찰은 어둠 속에서 살금살금 다가가 모닥불 주위를 포위했다. 그리고 신호가 떨어지자 달려들어 통 속에서 꿈틀거리는 장어 잡듯이 아이들을 낚아챘다. 헬멧을 쓰고 금색 단추를 번쩍이며 아이들에게 양손을 뻗는 모습을 보자 모든 힘이 빠져나가고 균형감이 무너져 반사적으로 도망칠 수밖에 없었다. 내가 달리고 있다는 것도 깨닫지 못한 채 달렸다. 나는 아무것도 몰랐다. 그저 반사적이었다. 내가 도망칠 이유는 없었다. 나는 호보가 아니었다. 나는 그 사회의 시민이었고 그곳은 내 고향이었으며 나는 아무것도 잘못한 일이 없었다. 나는 대학생이고 신문에 이름이 난 적도 있고 잘 때 입지 않는 좋은 옷도 입고 있었다. 그래도 나는 놀란 사슴처럼 아무것도 보지 않고 미친 듯이 뛰었다. 얼마 뒤 정신을 차렸을 때 내가 아직도 뛰고 있다는 것을 알아차렸다. 내 다리를 멈추기 위해서는 단호한 의지가 필요했다.

아니, 난 절대 극복할 수 없을 것이다. 어쩔 수가 없다. 경찰이 다가오면 나는 뛴다. 게다가 나는 감옥과 엮이는 불행한 운도 타고났다. 호보였을 때는 더 많이 감옥에 갔다. 어느 일요일 아침 젊은 아가씨와 자전거 하이킹을 간 적이 있다. 시 경계를 벗어나기도 전에 보도의 보행자를 스쳤다는 이유로 체포되었다. 더 조심해야겠다고 다짐했다. 그다음엔 밤에 자전거를 타는데 깜빡이가 시원치 않았다. 안전수칙을 지키려고 불빛이 꺼지지 않게 조심조심했다. 당시 급했지만 불빛이 꺼지지 않게 달팽이 걸음으로 갔다. 시 경계에 도착해 법령 관할권을 벗어났다. 늦은 시간을 만회하기 위해 전속력으로 달렸다. 반 마일을 더 가다가 경찰에 체포됐고, 다음 날 아침 즉결 재판에서 벌금형을 받았다. 시는 믿을 수 없게도 외곽 방향으로 법령을 1마일 더 확장 적용했고 나는 그 사실을 몰랐다. 나는 언론의 자유와 평화적인 집회라는 불가침의 권리가 생각나서 비누 상자로 된 간이 연단에 올라가 내 모자가 상징하는 특수한 경제 일꾼으로서의 입장을 표명했다. 그러자 경찰이 나를 상자에서 끌어내 시 구치소로 보냈고 벌금을 내고 풀려났다. 그래도 소용이 없었다. 한국에서는 하루걸러 체포되었고 만주에서도 비슷했다. 지난번 일본에 있을 때는 러시아 스파이라는 누명을 쓰고 감옥에 갇혔다. 변명이 아니라 이런 식으로 나는 감옥에 들어갔다. 나는 가망이 없다. 시옹성*의 죄수가 될 팔자였다. 이건 계시였다.

한번은 보스턴 광장에서 한 경찰에게 최면을 건 적도 있다. 자정이 넘은 시간이었는데 그가 나를 현행범으로 체포했다. 최면이 걸리기도 전에 그가 25센트 은화를 내주고 밤새 여는 식당 주소도 알려주었다. 그리고 뉴저지 브리스틀에서도 나를 잡았다 풀어준 경찰이 있었는데 사실 그는 나를 감옥에 보내는 게 당연할 정도로 화가 나 있었다. 나는 그를 심하게 쳤고 그가 그렇게 당해본 것은 처음일 거라고 장담할 수 있다. 경위는 이렇다. 자정 무렵 필라델피아를 출발하는 화물열차를 잡았다. 제동수가 나를 쫓아냈다. 열차가 복잡하게 얽힌 선로와 전철기를 통과하며 속도를 늦출 때 다시 기차를 잡았다. 그리고 다시 쫓겨났다. 그 열차는

* 정치범 수용소가 있는 스위스의 성

모든 문이 닫히고 잠겨 있는 급행열차라 나는 밖에 매달려 가야 했다.

두 번째로 하차당할 때 제동수가 잔소리를 했다. 이렇게 빠른 급행열차에 매달리는 것은 목숨을 내놓는 짓이라고 했다. 나는 급행열차에 익숙하고 그렇게 빠른 것도 아니라고 했다. 그는 자살을 방조할 수 없다고 했고, 나는 쫓겨났다. 하지만 세 번째 열차를 잡아 차량 사이 완충기로 끼어들었다. 여태까지 내가 본 것 중에 가장 허약한 완충기였다. 양쪽이 고리로 연결돼 서로 마찰하며 부딪치는 진짜 철 완충기를 말하는 것이 아니다. 나는 완충기 위에 있는, 화물차량 끝에 달린 일종의 턱 같은 들보를 말하는 것이다. 즉 완충기에 탔다고 하면 이 방지 턱에 양쪽으로 발을 걸치고 서 있다는 것이고 완충기는 두 발 사이 바로 아래에 있다.

내가 올라탄 들보는 유개화차처럼 폭이 여유가 있지 않았다. 반대로 폭이 아주 좁고, 대략 5센티미터도 안 되었다. 내 발바닥은 반만 걸쳐 있었고 손으로 잡을 것도 없었다. 양쪽으로 화물차 벽이 있고 벽은 평평한 수직면이었다. 잡을 게 없었다. 버티기 위해 차량 벽면을 손바닥으로 누르고 있을 수밖에 없었다. 들보의 폭이 내 발의 폭만큼만 넓었어도 괜찮았을 것이다.

필라델피아를 빠져나오며 화물열차는 속도를 올리기 시작했다. 그제야 제동수가 왜 자살이라고 했는지 깨달았다. 화물열차는 점점 더 빨라졌다. 열차는 전체가 화물 차량이라 서지 않고 달렸다. 펜실베이니아주 노선은 나란히 달리는 복복선이라 내가 탄 동부선은 맞은편에서 오는 서부선이나 뒤에서 오는 열차를 걱정할 필요는 없었다. 열차는 전용 철로를 이용했다. 나는 정말 위태로운 상황이었다. 좁은 돌출 턱에 발끝만 간신히 걸치고 서서 양쪽 차량의 평평한 벽면을 필사적으로 손바닥으로 밀고 있었다. 그리고 양쪽 차량은 위, 아래, 앞, 뒤로 제각각 움직였다. 달리는 두 마리 말 위에 발을 올리고 있는 서커스 기수를 본 적이 있는가? 조금 다르긴 하지만 내가 지금 그 꼴이었다. 서커스 기수는 잡을 고삐라도 있지만 나는 아무것도 없다. 기수는 발을 올려놓을 곳이라도 있지만 나는 발끝으로만 서 있었다. 기수는 다리와 몸을 구부린 아치형 자세로 낮은 곳에 무게중심이 놓여 안정적이지만 나는 다리를 쭉 펴고 똑바로 서 있어야 했다. 그는 앞을 보고 있지만 나는 비스듬히 올라 있다. 떨어지면 그는 톱밥 위에서 구를 뿐이지만 나는 바퀴 아래서 조각조각 뭉개질 상황이었다.

화물열차는 날카로운 기적 소리를 울리며 포효하듯

빠르게 달려나갔다. 곡선에서는 미친 듯이 흔들렸고, 다리를 지날 때는 천둥같이 울리고, 한쪽 차량이 쿵 하면 다른 쪽은 덜커덩하고, 한쪽이 오른쪽으로 움직이면 다른 쪽은 왼쪽으로 기울었다. 나는 내내 기도하며 기차가 멈추기만을 바랐다. 하지만 열차는 멈추지 않았다. 멈출 필요가 없었다. 길에서 처음이자 마지막으로, 또 유일하게 내가 간절히 원하던 것을 이뤘다. 나는 완충기에서 벗어나 간신히 보조 사다리로 올라탔다. 정말 아슬아슬했다. 이 차량처럼 손발 놓을 데 없는 차량은 처음이었다.

기적 소리가 울리고 속도가 떨어지는 것이 느껴졌다. 열차가 서지 않는다는 것은 알고 있었지만 속도가 어느 정도 내려가면 기회를 노려야겠다고 결심했다. 여기서부터 오른쪽으로 꺾여 운하에 놓인 다리를 건너 바로 브리스틀 시를 가로지른다. 이런 사정으로 속도를 늦춘 것이다. 나는 보조 사다리를 꼭 잡고 기다렸다. 그때는 열차가 브리스틀로 향하는 것도, 왜 속도를 늦추는지도 몰랐다. 내가 내리고 싶다는 것만 알고 있었다. 지상에서 건널목을 찾느라 어둠 속에서 눈을 부릅뜨고 있었다. 나는 조심해서 차량 아래로 내려왔다. 내가 있던 차량이 시에 들어서기도 전에 기관차가 역을 지나치며 다시 속도를 냈다.

그러고 길이 나타났다. 폭이 얼마나 되는지 건너편에 뭐가 있는지 너무 어두워 보이지 않았다. 뛰어내린 후에 똑바로 서려면 길을 샅샅이 살펴볼 필요가 있었다. 나는 가까운 쪽으로 뛰어내렸다. 쉽게 들린다. 내가 말한 뛰어내렸다는 것은 이런 의미다. 우선 보조 사다리에서 기차가 가는 방향으로 최대한 몸을 내민다. 이렇게 하면 공간이 많이 생겨 떨어져 나갈 때 가능한 뒤로 힘을 받게 된다. 그러고 나서 몸을 뒤로, 최대한 뒤로 젖히고 뛴다. 뛰면서 마치 뒤통수를 땅에 부딪치기라도 하려는 듯 몸을 눕힌다. 모두 기차가 내 몸에 가하는 앞으로 나가는 기본적인 힘을 상쇄하기 위해서이다. 발이 땅에 닿았을 때 내 몸은 45도 각도로 뒤로 눕혀져 있었다. 발이 땅에 떨어질 때 바로 얼굴을 처박지 않으려고 앞으로 나가는 힘을 조금이라도 줄이기 위해서였다. 사실 땅을 딛는 순간 발은 모든 힘이 풀렸지만 몸은 앞으로 쏠리는 힘을 간신히 버티고 있었다. 발에 힘이 빠진 것을 보충하기 위해 할 수 있는 한 재빨리 발을 들고 앞으로 움직여 앞으로 기울어지는 몸과 보조를 맞추었다. 결국 발이 빠르게 움직여 멈추지 않고 길을 건너버렸다. 멈출 엄두가 나지 않았다. 멈추면 앞으로 엎어질 것이다. 나는 계속 달려야 했다.

나는 길 건너편에 뭐가 있을지 걱정하며, 돌담이나 전신주는 없기를 빌며 내 뜻과는 상관없이 밀려갔다. 그러다 뭔가에 부닥쳤다. 아이고! 참사가 일어나기 직전에 그걸 봤다. 하필이면 어둠 속에서 거기 서 있는 경찰을. 우리는 같이 넘어져 구르고 또 굴렀다. 자동으로 같이 구르게 된 것은 그 불쌍한 놈이 나와 부닥치는 순간 나를 꼭 잡고 놓지 않았기 때문이었다. 우리 둘 다 나가떨어졌고, 그는 정신이 들 때까지 이 어린 양 같은 호보를 계속 잡고 있었다.

그 경찰이 조금이라도 상상력이 있었다면 나를 다른 세계에서 온 여행자, 화성에서 막 도착한 외계인으로 생각했을 것이다. 어둠 속에서 그는 내가 기차에서 뛰어내리는 것을 보지 못했기 때문이었다. 사실 그가 처음으로 한 말은 "어디서 떨어진 거야?"였다. 내가 아직 대답도 하기 전에 그의 다음 말은 "널 체포하겠어"였다. 이 말도 반사적으로 나온 게 분명했다. 그는 정말 마음이 좋은 경찰이었다. 내가 사정 얘기를 하고 그의 옷을 털어주자 다음 기차가 떠날 때까지 기다려주겠다고 했다. 나는 두 가지 조건을 달았다. 첫째는 동부행 열차일 것, 둘째는 모든 문이 닫히고 잠긴 화물열차가 아닐 것이었다. 그는 동의했고 나는 브리스틀 협약에 의해 체포를 면했다.

그 지역 내에서 다른 경찰을 간신히 피했던 밤이 기억난다. 충돌했다면 그를 깔아뭉갰을 것이다. 뒤에서 경찰 여럿이 잡으러 달려들어 나는 완전 손을 놓고 위에서 굴러 내려오고 있었기 때문이었다. 이렇게 된 일이다. 워싱턴에서 나는 마구간에 묵고 있었다. 마구간 한 칸을 차지하고 말 덮개를 잔뜩 덮고 지냈다. 그 호화로운 시설에 대한 대가로 아침마다 말 고삐를 관리하고 있었다. 경찰들만 아니었으면 나는 아직도 거기 있었을 것이다.

어느 날 저녁 9시쯤 잠을 자러 마구간에 돌아왔더니, 주사위 게임이 한창이었다. 장날이어서 흑인들 모두 돈이 있었다. 거기 지형을 설명하는 게 좋을 것 같다. 마구간은 두 길과 맞닿아 있었다. 정문으로 들어가 사무실을 지나면, 말 우리가 두 줄로 늘어서 있는 통로가 건물 끝까지 이어진다. 그 끝에서 문을 열고 나오면 다른 길로 이어진다. 양쪽으로 말들이 있는 이 통로의 중간 가스등 아래 흑인 40여 명이 모여 있었다. 나는 무리에 끼어 구경만 했다. 돈이 없어서 게임에 낄 수는 없었다. 한 흑인이 죽지 않고 계속 배팅을 하고 있었다. 운이 따라서 배팅할 때마다 판돈이 두 배로 늘어났다. 온갖 종류의 돈이 바닥에 쌓여 흥분이 고조되었다. 바로 그때 뒷길로 통하는 큰 문에서 천둥 같은 소리가 났다.

흑인 몇몇은 반대쪽으로 뛰었고 나는 도망치려다 멈추고 바닥에 있는 돈을 순간적으로 움켜잡았다. 이것은 절도가 아니라 단지 관행이었다. 도망치지 않은 사람들은 모두 돈을 움켜쥐고 있었다. 문이 부서져 열리고 경찰 한 분대가 들이닥쳤다. 우리는 반대쪽 문으로 몰려갔다. 사무실은 어두웠고 입구는 좁아서 우리가 동시에 다른 쪽 길로 빠져나가기가 힘들었다. 난리가 났다. 흑인 하나가 창문을 열고 뛰어내리자 다른 이들이 뒤따랐다. 우리 뒤에서는 경찰들이 닥치는 대로 체포하고 있었다. 덩치 큰 흑인 하나와 나는 동시에 문으로 돌진했다. 그는 나보다 몸집이 커 나를 밀치고 먼저 탈출했다. 바로 그때 곤봉이 그의 머리를 내리쳤고 그는 도살장 송아지처럼 고꾸라졌다. 다른 경찰 분대가 밖에서 우리를 기다리고 있었다. 밀려오는 사람들을 손으로만 막을 수 없다고 생각한 경찰들은 곤봉을 휘두르고 있었다. 쓰러진 흑인에 걸려 넘어지는 바람에 내려치는 곤봉을 피할 수 있었다. 그리고 경찰의 다리 사이로 몸을 던져 빠져나왔다. 그때부터 얼마나 달렸던지! 내 앞에 마른 혼혈아 하나가 달리고 있어서 나는 그와 보조를 맞췄다. 그가 나보다는 이 지역을 잘 알고 있으니 그가 가는 쪽으로 가면 안전하다고 생각했다. 그러나 그는 반대로 나를 뒤쫓아 오는 경찰이라고 생각해서 뒤도 보지 않고 달려갔다. 나는 폐활량이 좋아서 그를 따라붙었고, 그는 거의 죽을 지경이었다. 결국 그는 힘이 풀려 주저앉아 나에게 항복했다. 내가 경찰이 아님을 알게 되었을 때 그는 너무 숨이 차서 나에게 덤벼들 수도 없었다.

그래서 워싱턴을 떠나게 되었다. 혼혈아 때문이 아니라 경찰관 때문에. 나는 역으로 내려가 펜실베이니아 특급 열차의 첫 번째 깜깜이 차량을 잡았다. 열차가 순조롭게 출발하고 속도를 내기 시작하자 갑자기 불안해졌다. 열차는 복복선에 엔진 덮개 위에 물탱크를 싣고 있었다. 엔진 위에 물탱크가 실린 기차의 첫 번째 깜깜이 차량은 타지 않는다는 것이 호보들의 오래된 상식이었다. 왜 그런지 설명을 하겠다. 철로 사이에 얕은 금속 홈통이 있다. 엔진이 최대로 속도를 내면 위쪽에 있던 일종의 '활강로'가 홈통 안으로 내려온다. 그러면 홈통 안에 있던 물이 활강로로 빨려 올라가 탄수차를 채우게 된다.

워싱턴과 볼티모어 사이의 어딘가에서 깜깜이 차량의 승강 계단 위에 앉아 있는데 미세한 물방울이 공중에서 떨어지기 시작했다. 아무렇지도 않았다. 아, 엔진 덮개에 물탱크를 실은 열차의 첫 번째 깜깜이 차량이 최악이라는 것은 다 허풍이구나하고 생각했다. 이런 작은 물방울이 뭐가 대수라고? 그리고 그 장치에 감탄했다. 이게 철도지! 초기 서부 철도에 대해 말해볼까? 바로 그때 탄수차가 이미 차서 물이 홈통으로 흘러나가지 못했다. 그리고 탄수차 뒤쪽으로 넘친 물이 나에게 쏟아져 내렸다. 나는 물에 빠진 것처럼 온몸이 다 젖었다.

기차는 볼티모어에 도착했다. 동부 대도시의 구조적 관행으로 철로가 지면보다 낮게 바닥으로 파여 있었다. 기차가 불을 밝힌 역으로 들어서자 나는 깜깜이 차량 위에서 몸을 작게 움츠렸다. 하지만 철도 경찰이 나를 보고 쫓아왔다. 경찰이 두 명 더 붙었다. 나는 역을 지나 철로로 달렸다. 함정에 빠진 것이었다. 지면에서 바닥으로 파인 철로 양쪽으론 가파른 벽이 막고 있어 기어오르다 실패하면 경찰의 손아귀에 떨어진다. 나는 계속 달리며 기어오르기 좋은 곳이 있나 살폈다. 마침내 철로 위로 길을 연결하는 다리를 지나자마자 그럴 만한 곳이 나타났다. 가파른 경사를 네 다리로 기어올랐다. 세 명의 철도 경찰이 내 바로 뒤에서 기어오르고 있었다.

벽 위는 공터였다. 공터 끝에는 낮은 담이 있어 길에서 분리되어 있었다. 자세히 볼 겨를이 없었다. 경찰이 바로 뒤에 있었다. 담으로 달려가 훌쩍 뛰었다. 거기서 생각지도 못하게 목숨을 잃을 뻔했다. 보통 담의 한쪽과 다른 쪽이 높이가 같다고 생각하기 마련이다. 그런데 그 담은 달랐다. 공터가 길보다 지대가 훨씬 높았다. 내가 있는 쪽 담은 낮았지만, 담 위에서 아무것도 짚지 않고 반대쪽으로 뛰어내렸을 때 처음엔 발이 심연으로 빠져버리는 줄 알았다. 거기 아래, 보도 가로등 불빛 아래 경찰이 있었다. 담에서 보도까지는 3미터 높이였으나 심하게 놀라서인지 그 두 배는 되는 것 같았다.

나는 공중에 똑바로 서서 내려왔다. 처음엔 그 경찰관 위로 떨어지는 줄 알았다. 발이 보도에 심한 충격을 받으며 떨어졌고 내 옷이 경찰을 스쳤다. 내가 오는 소리를 전혀 듣지 못했던 그가 기절하지 않은 게 신기했다. 나는 다시 화성에서 온 사람이 되었다. 경찰은 뒤로 물러났다. 그는 말이 자동차를 본 것처럼 뒤로 주춤 물러섰다 다시 다가왔다. 나는 설명하기 위해 멈추지 않았다. 설명은 조심스럽게 담을 넘어올 나의 추격자들에게 남겨놓았다. 어쨌든 나는 도망치는 데 성공했다. 나는 달려서 길을 올라갔다 다른 길로 내려오고, 모퉁이에서 슬쩍 몸을 숨겨 마침내 도망치는 데 성공했다.

주사위 놀음에서 얻은 동전을 쓰면서 한 시간쯤 보내다 철로로 돌아왔다. 역의 불빛이 닿지 않을 만큼만 떨어져서 기차를 기다렸다. 흥분은 가라앉았고 옷이 젖어 부들부들 떨렸다. 마침내 열차 한 대가 역으로 들어왔다. 어둠 속에 납작 엎드려 열차가 출발할 때 성공적으로 올라탔다. 이번에 조심해서 두 번째 깜깜이 차량을 잡았다. 이 차량은 물이 떨어지지 않았다. 열차는 첫 번째 정거장까지 40마일로 달렸다. 나는 불빛이 환한 이상하게 낯익은 역에 도착했다. 워싱턴으로 돌아온 것이다. 낯선 거리를 달리고 몸을 틀어 돌고 다시 되돌아가는 등 볼티모어에서 흥분해서 도망치는 동안 방향이 바뀐 것이다. 반대 방향으로 가는 기차를 타버렸다. 밤을 꼬박 새우고 온통 젖은 채 필사적으로 도망쳐 다시 원래 있던 곳으로 돌아왔다. 아, 길에서의 삶이 즐거운 것만은 아니다. 하지만 나는 마구간으로 돌아가지 않았다. 꽤 두둑하게 돈을 챙겼는데 다시 그 흑인들과 셈을 하고 싶지는 않았다. 그래서 다음 기차를 타고 다시 볼티모어로 가 거기서 아침을 먹었다.

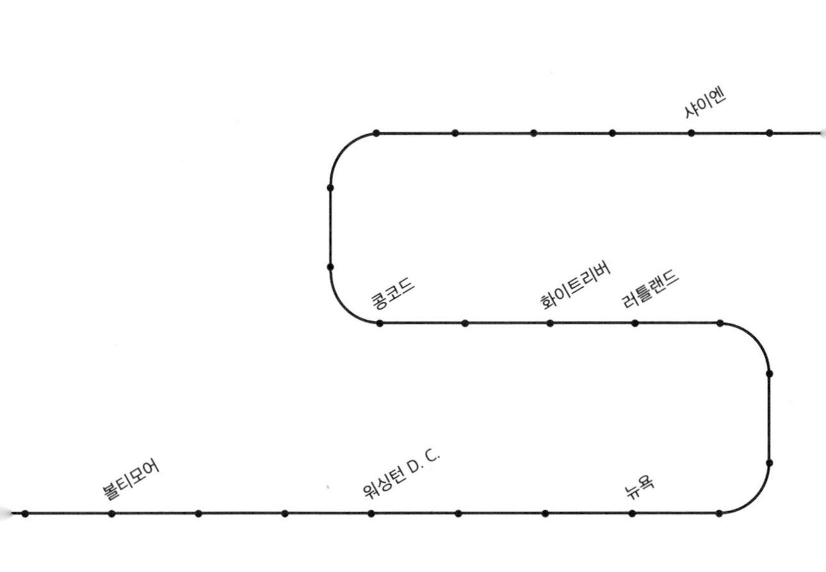
샤이엔
콩코드
화이트리버
러틀랜드
볼티모어
워싱턴 D. C.
뉴욕

호보 코드

종교 모임,
식사 제공
일하면 음식 제공
부자들
친절한 사람들
주인 밖에 있음
주인 안에 있음
경비 심함
위험한 사람 있음
구호품 얻기 좋음
좋음
물 마시지 말 것
마실 물,
야영 가능
야영 가능
얻을 것 없음
호보에게 관심 없음
주민들 위험
여기
정지
확실하지 않음
좋지 않음,
다른 호보 많음
가도 좋음
떠날 것
이쪽 아님
이쪽으로

감옥
경찰관 집
아플 때 도움
무료 치료
술 가능
헛간에서 잘 수 있음
조용할 것
입 다물 것
무는 개
사나운 개
개 네 마리
모두 가능
카트
기차 잡기 좋음
위험
총 가진 남자
방어 준비
사기꾼 조심
불안함
재앙
폭력
호보에게
적대적인 경찰
신고 조심
도둑 조심
범죄 지역,
이방인 위험
판사 집
법원
친절한 부인

호보 윤리 강령

호보들의 거친 삶과는 달리 초기 호보들은 유쾌하고 사람들에게 친절했다. 1900년 아이오와주 브릿에서 처음 열린 전미호보대회는 오늘날까지도 지속적으로 1년에 한 번씩 8월 둘째 주말에 개최되고 있다. 다음의 '호보 윤리 강령'은 첫 번째 열린 호보대회에서 채택된 것이다.

1. 자신의 삶은 자신이 결정할 것. 다른 사람이 휘두르게 두지 말 것.
2. 시내에 있을 때는 항상 그 지역의 법과 공무원들을 존중하고 신사가 되도록 노력할 것.
3. 취약한 상황이나 지역에 있는 다른 이들, 다른 호보들을 이용하지 말 것.
4. 일시적인 일이라도 찾기 위해 노력하고 항상 아무도 원하지 않는 일을 찾을 것. 그렇게 해야 산업에 도움이 되고 다시 그 지역에 오더라도 일을 얻을 수 있다.
5. 일자리가 없을 땐 자신의 재능이나·기술을 살려 자신만의 작품을 만들 것.
6. 엉망으로 취하지 말 것. 다른 호보들을 위해 지역에서 나쁜 본보기

가 되지 말 것.

7. 시내에서 얻은 구호품을 아껴 쓰고 낭비하지 말 것. 당신에게는 필요 없더라도 그것을 절실히 필요로 하는 다른 호보가 있을 것이다.
8. 항상 자연을 존중하고 쓰레기를 버리지 말 것.
9. 무리에 있다면 항상 참여하고 도울 것.
10. 청결을 유지하고 가능하면 끓여 먹을 것.
11. 이동할 때는 개인적인 욕심을 부리지 말고 예의 바르게 기차에 탈 것. 승무원이나 철도와 문제를 일으키지 말고 보조 승무원처럼 행동할 것.
12. 역내에서는 문제를 일으키지 말 것. 그 역내를 통과해야 하는 또 다른 호보가 올 것이다.
13. 다른 호보가 어린이를 성추행하는 것을 묵과하지 말 것. 모든 추행 행위는 당국에 신고할 것. 그들은 사회를 좀먹는 최악의 쓰레기들이다.
14. 가출한 아이들을 도와주고 그들이 집으로 돌아가도록 도울 것.
15. 필요하다면 언제 어디서나 동료 호보들을 도울 것. 언젠가 당신도 그들의 도움이 필요할 때가 있을 것이다.

이 책에 대해

잭 런던은 40세의 나이로 죽을 때까지 누구보다 다양한 일을 했다. 그는 굴 도둑이자 알래스카 클론다이크의 금 채굴꾼이었고 선원이자 해양 순찰원, 기자이자 리포터였으며 대학 강사이자 농장주이기도 했다. 그리고 그는 무엇보다 떠돌이 노동자로서의 정체성을 가진 호보였다.

1894년 18세의 런던은 화물열차를 잡아타고 캘리포니아를 떠나 1만 마일의 오디세이적 여정을 떠났다. 그는 1890년대부터 1930년대 대공황까지 미국 최악의 경제 침체로 황폐해진 대륙을 가로질렀다. 《더 로드》는 런던이 자신의 호보 시절에 관해 잡지 <코스모폴리탄>에 연재한 에세이 모음이다.

1865년 남북 전쟁이 끝나고 현대적 자본주의의 출현으로 일을 잃은 이들은 일자리를 찾아 해안에서 해안으로 이동하기 시작하였다. 호보라는 용어는 처음에는 퇴역 군인 노숙자들을 지칭하는 데 사용되었다. 떠돌이, 부랑자라는 단어와 혼동하여 사용했으나 대공황 이후 일시적인 일자리를 찾아 떠도는 빈곤한 이주 노동자로서의 정체성이 부각되었다.

대부분의 호보는 철도를 이용해 이동했고 달리는 기차에

무단으로 탑승하는 호핑hopping은 아주 위험한 일이었다. 움직이는 기차에서의 삶은 낭만적으로 들릴지 모르지만 호보의 삶은 가혹했다. 호보는 법과 전통적인 사회의 울타리 밖에서 살았다. 그들은 자본주의의 불안정함을 상기시켜 주는 존재였다. 호보 코드는 호보가 다음에 오는 호보들을 위해 남겨놓은 일종의 암호이자 사인이었다. 잘 곳이나 따뜻한 음식에 대한 정보를 제공하거나 경찰의 체포 등 위험을 경고하기 위해 발전되었다.

길에 대한 신화는 미국 문화를 대표하고 미국의 정신을 구현한다. 또 미국 영화, 문학, 음악, 예술의 지속적인 소재였다. 잭 런던의 《더 로드》는 대공황 시대의 민속학 및 사회학적인 증언이자 잭 케루악의 《길 위에서》와 1970년대 히피 운동에 영감을 주었고 켈리 장군과 호보 부대의 이야기는 영화 <북극의 제왕>의 소재가 되기도 하였다.

대공황이 시작된 지 한 세기도 지난 지금까지 호보 문화는 계속되고 있다. 현재의 호보 문화는 일종의 반문화 운동으로 예술적 소재로 재탄생하며 전통적인 사회 규범을 거부하는 사람들을 매혹하고 있다.

편집부

옮긴이 김아인

대학에서 심리학을 공부하고 여행 잡지를 만들었다. 바람이 들어 3년간 여행 생활자로 살았다. 2007년부터 출판사에서 인문, 예술 서적들을 만들었고 한국의 고전을 소개하는 영문서들을 기획, 편집했다. 지금은 번역 모임 '사이'에서 활동하고 있다.

더 로드

지은이 잭 런던
옮긴이 김아인

펴낸곳 지식의편집
펴낸이 김희선
등록 제2020-000012호(2020년 4월 10일)
주소 서울 강북구 삼양로 640-6
이메일 Jisikedit@gmail.com
전화 070-7538-3443

1판 1쇄 펴냄 2022년 6월 27일
ISBN 979-11-970405-5-9 03840